中国艺术研究院基本科研业务费项目
（项目编号：2020-补-3）

新时代文化艺术思想
研究文库

韩子勇·主编

陈曦·编

新时代文化艺术思想研究报告集

新时代文化艺术思想研究文库

Series of Studies on Cultural and Artistic Thought for the New Era

文化艺术出版社
Culture and Art Publishing House

图书在版编目（CIP）数据

新时代文化艺术思想研究报告集/陈曦编.—北京：文化艺术出版社，2021.6
（新时代文化艺术思想研究文库/韩子勇主编）
ISBN 978-7-5039-6849-5

Ⅰ.①新… Ⅱ.①陈… Ⅲ.①文艺思想—研究报告—中国—当代 Ⅳ.①I206.7

中国版本图书馆CIP数据核字（2021）第114212号

新时代文化艺术思想研究报告集
（新时代文化艺术思想研究文库）

主　　编	韩子勇
编　　者	陈　曦
丛书统筹	董良敏　赵　月　贾　茜
责任编辑	董良敏
责任校对	董　斌
书籍设计	赵　蠡
出版发行	文化藝術出版社
地　　址	北京市东城区东四八条52号　（100700）
网　　址	www.caaph.com
电子邮箱	s@caaph.com
电　　话	（010）84057666（总编室）　84057667（办公室） 　　　　　84057696—84057699（发行部）
传　　真	（010）84057660（总编室）　84057670（办公室） 　　　　　84057690（发行部）
经　　销	新华书店
印　　刷	国英印务有限公司
版　　次	2021年10月第1版
印　　次	2021年10月第1次印刷
开　　本	710毫米×1000毫米　1/16
印　　张	12.25
字　　数	100千字
书　　号	ISBN 978-7-5039-6849-5
定　　价	45.00元

版权所有，侵权必究。如有印装错误，随时调换。

总　序

　　文化艺术分期，从根本上说，总是和整个社会的变化紧密联系。文化艺术是社会生活的一部分，和生产力、生产关系、生产方式、经济基础、上层建筑、历史传统等等这些看上去或远或近、重重叠叠的构造，有着千回百结、直接间接的联系。它自身的规律性其实也存在于整个社会系统的规律性之中，它无法彻底地抽身而出、孤立于社会生活之外——文化艺术的道路就是历史走过的道路。

　　经过改革开放三十多年的持续积累和不断进步，从党的十八大开始，中国特色社会主义进入新时代。以习近平新时代中国特色社会主义思想为指导，中国社会方方面面发生了一系列影响深远的重大变化，中华民族伟大复兴的热切愿望和社会力量，从来没有像今天这样如此鲜明地浮现出来，碰撞着、隆起着、升腾着，塑造着新的格局与境界。我们感受着这一切，真切地触摸到历史发展的脉动，看到了风云激荡的百年变局里，中国人众志成城、奋楫扬帆的星辰大海之路。

　　从新时期到新时代，中国文化艺术波澜壮阔的发展变化值得梳理、总结和研究。特别是十八大以来，围绕着习近平总书记关于文化艺术的系列重要讲话、论述中的部分核心命题，新时代文化艺术思想研究呈现怎样的面貌？取得了哪些进展？我们编辑出版的这套《新时代文化艺术思想研究文库》，以期做一个在场的总结和描述，并拟随着深入和细化，不断续编，跟踪描述。

今年是党的百年华诞，也是中国艺术研究院建院七十周年。谨以此书献给党的百年华诞，献给中华民族伟大复兴的新时代，献给蓬勃而起的新时代的文化艺术。

韩子勇

2021 年 8 月 10 日

目 录

001 中国艺术学"三大体系"研究报告　　李修建　孙晓霞

017 文艺高峰与中华民族新史诗研究报告　　鲁太光　陈　越　杨　娟

043 中华优秀传统文化创造性转化、创新性发展研究报告　　金　宁　李松睿

064 中国文化遗产保护研究报告　　李彦平

084 国家文化公园研究报告　　宋　蒙　高琰鑫

114 诗与远方：新时代文化和旅游融合发展研究报告　　汪　骁

140 合作共赢："一带一路"文化艺术交流研究报告　　张敬华　陈宇峰

157 人类命运共同体与文明交流互鉴研究报告　　任　慧

187 编后记

中国艺术学"三大体系"研究报告

李修建　孙晓霞

自清末废除科举,参照日本与西方学制,推行现代教育以来,中国学界即开始了现代学术体系的建构。历经一百余年的努力,无论自然科学,还是人文社会科学领域,都可以说成就斐然。与此同时,我们更要看到,西方的概念、话语、理论往往占据优势地位,这在人文社会科学领域表现尤为明显。面对深厚的历史传统与丰富的当下经验,研究者时常出现"失语症",简单地套用某些西方理论进行片面的阐释,这一问题在20世纪80年代以来的人文社会科学研究具有相当普遍性。

有鉴于此,2016年5月17日,习近平总书记在哲学社会科学工作座谈会上发表重要讲话,深刻阐述了哲学社会科学的历史地位和时代价值,对加快构建中国特色哲学社会科学作出重大部署。习近平总书记指出:"要按照立足中国、借鉴国外,挖掘历史、把握当代,关怀人类、面向未来的思路,着力构建中国特色哲学社会科学,在指导思想、学科体系、学术体系、话语体系等方面充分体现中国特色、中国风格、中国气派。"[①] 近

---

① 习近平:《在哲学社会科学工作座谈会上的讲话》(2016年5月17日),人民出版社2016年版。

五年来，中国艺术学界深入学习贯彻习近平总书记重要讲话精神，围绕"三大体系"建设这一时代命题，做了大量研究，切实地推进了这一工作。

在世界范围内，艺术学作为一门专业学科，其形成发展至今已有百余年的历史，但其在中国被确立为独立的学科门类是在2011年。十年来，作为最年轻的学科，艺术学界积极推进中国艺术学学科建设，努力探索艺术学学科发展方向。特别是习近平总书记《在哲学社会科学工作座谈会上的讲话》发表后，艺术学界自觉围绕"三大体系"建设展开讨论，就建设有中国特色的艺术学学科体系、学术体系、话语体系进行了深入而广泛的探索与研究，取得了相当的成果，推进了艺术学的整体发展。

一、艺术学理论

艺术学理论是探讨艺术的一般规律的综合性、理论性的学科。它为音乐与舞蹈学、戏剧与影视学、美术学、设计学等其他一级学科提供理论基础和开放包容的研究视阈。艺术学理论建设关涉整个艺术学领域的学科体系、学术体系、话语体系。五年来，围绕建设有中国特色的艺术学"三大体系"建设，学界就中国艺术观念的历史演进、中国艺术理论话语体系建构的价值与可能、艺术学理论研究，以及中国艺术学学科建设亟待解决的问题等进行了梳理、分析、总结和反思。

由中国艺术研究院韩子勇、祝东力等人合撰的《关于中国艺术学"三大体系"建设的若干问题》是一篇具有纲领性和引领性的重要理论成果。在引言部分，文章明确指出，马克思主义理论及其中国化是中国文化建设的理论依据，而得天独厚的内外部环境所孕育的生产模式、政治制度、社会构成、文化形态则为中国艺术的发展奠定了文明根基。通过对"中国艺术经验的独特性"与"中国艺术学百年学术历程的回顾与反思"两大问题的精细梳理、研究与反思，文章指出，中华文明积累了深厚而丰富的艺术经验，形成了独特的艺术对象体系、范畴体系和感知方式，传达出特有的艺术精神。中国艺术经验的独特性，不能简单套用西方艺术理论加以阐释。百余年来，历代学人为艺术学的中国化进行了积极探索，在不同历史时期涌现出许多代表性成果，为我们建设中国艺术学"三大体系"奠定了坚实基础。中国艺术学"三大体系"必须植根民族文化的沃土。文章还针对艺术学建设目标提出了五点切实可行的方法策略。文章发表之后受到相当大的关注，先后被《新华文摘》和《中国社会科学文摘》等重要期刊转载，在学界引发热议。

刘桂荣的《中国艺术学"三大体系"的未来建构》对上文做了回应。作者主要关注"三大体系"建设在目前存在的问题与如何进行未来建构。文章指出，艺术学理论一级学科身份的学理性确证、二级学科的建设和完善、艺术门类学科的发展完善是中国艺术学学科体系建构亟须解决的三个问题。"通"之理念的建构、立足"大生命"的学术视域，以及"源"之归复与开显是中国艺术学学术体系建设的三大核心；开放视域、面向自身、加强研究新的艺术形式、关注新的艺术语言与话语表达，以及加强话语传播则是中国艺术学话语体系建构应当侧重的几个方面。

还有不少学者分析了中国艺术学"三大体系"建设所面临的核心问题，进而提出未来建构路径。如李心峰、夏燕靖等，他们长期浸淫于艺术学理论研究，因此，对此问题多是基于历史回溯而得出的经验总结。如李心峰的《探索中国艺术学知识体系——基于个人学术视角的回顾与反思》一文，就是从"中国特色艺术学学科体系的建构"和"中国特色艺术学学术体系的建构"两个维度出发，回顾其自新时期以来关于中国艺术学学科体系、学术体系建构过程的探索，并在此基础上提出建构"有中国特色的现代艺术体系"所应当把握、遵循的要点和原则。夏燕靖的《建构中国古典艺术理论之当代话语体系的价值与路径》集中于古典艺术理论与当代阐释话语体系的纵向关系的讨论，作者明确了建构中国古典艺术理论话语体系的迫切性——"不仅承载着古典艺术理论的当代阐释两个'承载'的价值诉求，而且关乎中国特色艺术理论建设的现实转化"；通过对中西方治学差异的横向比较，指出正本清源、建构符合"中国立场""中国话语"的核心价值体系是学术自信的源泉；然后以"感悟"为例对中国艺术理论的独特思维方式展开论述，认为有据成理的当代古典艺术理论阐释，可以作为建构中国特色艺术理论话语体系的有力支撑。

张法以宏阔的比较视野，对70年中国艺术观念演进方式进行了梳理与分析，厘清了"中国型艺术学"出现—关联—发展—成就的路径，并认为独具中国特色的艺术学学科体系也正是由此形成的。他指出，将中国艺术观念70年的演进放置在与之对应的历史时空中，能够更为清晰地见出其在传统与现代、中国与世界的互动中所呈现的复杂交织的四个场极。随后，基于对四种场极本质、演进历程、基本内容的解读，不仅对中国艺术观念70年的演进面貌予以了进一步评价，还对以后的演进方向做出逻辑展望。

《中国艺术史学科的可能性、路径及艺术史学》是王一川关于中国艺术史学学科体系建构可能性及其建构路径的思考，文章还讨论了艺术史学科体系下中国艺术史学的研究内容和方法。作者认为，面对艺术史学科所遭受的质疑，可以从西方艺术史传统及其演变线索与中国自身文化、学术与艺术传统所具备的艺术史动力两个方面进行回应。随后，他又从现代性学科制度中的艺术史空间和跨越艺术史概念的中西之别两个角度出发，探讨建立中国式艺术史学科的可能性。紧接着，结合中国艺术学科建设的具体环境，作者还对中国式艺术史学科发展的呈现特征和当前路径进行了尝试性总结。最后，他列举了西方诸种艺术史分析路径与方法论，认为研究西方艺术史学的成果将有助于中国艺术史学的开拓，并预见性地指出：艺术通史，跨门类、跨媒介或跨学科的艺术史和艺术史学将是中国艺术史学科的主要分支。

二、音乐与舞蹈学

音乐学界积极响应"三大体系"建设的命题，在学术会议、课题研究等方面做了大量工作，成绩显著。由中国艺术研究院音乐研究所牵头组织的中国音乐理论话语体系学术研讨会，自2017年至2019年，已成功举办三届四场，首届研讨会为构建中国音乐理论话语体系举纲立言，第二届（两场）研讨会则从传统音乐与表演理论两个侧面，探讨了中国音乐理论话语体系的具体内涵。第三届研讨会围绕"中国音乐创作理论"这一议题展开，涉及中国音乐创作理论话语体系建构理路、中国传统音乐本体与技术理论话语的深层内涵，以及当代音乐创作中的创承关系等多方面内容。[1]这些学术研讨会促进了学者们对于"三大体系"建设的深入思考，正式发表的论文在40篇以上。

杜亚雄的《"中国音乐理论话语体系"刍议》和韩锺恩的《话语类分与学科范畴并及中国音乐理论话语体系问题讨论》从语言学角度出发，对

---

[1] 参见纪德纲《寻本溯理向未来——第三届中国音乐理论话语体系（创作理论）学术研讨会述评》，《中国音乐学》2020年第1期。

中国音乐理论体系进行梳理和建构。杜亚雄认为"正名"是建立"中国音乐理论话语体系"的首要任务，明确"理论""音乐理论"和"中国音乐理论"的概念和外延，才知道何为"中国音乐理论话语体系"，才能为之奋斗。作者指出，"音乐学"和"音乐理论"的研究对象相同但研究对象和角度相异。"音乐学"是指运用自然科学、人文科学和社会科学等学术方法研究有关音乐问题的学术领域；广义的"音乐理论"包括基本乐理中的全部内容，狭义的则指根据音乐创作实践概括总结出来的作曲技术理论。"中国音乐理论"是指在研究中国传统音乐的基础上，对其实践进行概括、总结出来的理论。十八大以来，习近平总书记多次强调要坚定文化自信，而"中国音乐理论话语体系"是音乐领域中文化自信之必须。中国音乐学界应开展对中国传统音乐的研究，并从中概括和总结出自己的音乐理论，建设中华民族自己的音乐理论体系。韩锺恩认为讨论中国音乐理论话语体系问题首先需要对相关概念做语义性话语指向及其归属的认识。其次需要对音乐理论话语在语言学层面的语言与言语，以及能指与所指的归属及其属性与特性做出明确限定。以美术概念和形式语言问题为例，指出建立中国音乐理论话语体系离不开对音乐艺术边界及其特性的设定。又以高文化问题为例，表明建立中国音乐理论话语体系离不开对音乐艺术边界及其属性的界定。作者分别从话语类分与学科范畴两方面对音乐理论话语进行讨论，并针对国内研究现状提出四点建议：一是要对相关话语进行学科范畴的类分与归属；二是在类分与归属的基础上进一步整合；三是考虑任何话语体系与其表述对象的合式与否；四是正视西方，在发展中求同存异。

项阳在《建立中国音乐理论话语体系的自觉、自信与自省》中首先对"中国音乐理论话语"做出界定，从"本体话语""创作话语""表演理论话语""功能话语"四个维度对其进行梳理，并指出必须时时关注中国音乐理论话语的整体意义。其次，从自觉与自信角度对中国传统音乐的历史进行爬梳，提出清晰认知中国音乐文化传统、真正把握中国传统的特色构成是文化自信的前提与基础。再次，从自省角度出发，指出必须把握基础理念，还要在考量国家整体意义的同时看到民族和区域的差异性和丰富性。最后，项阳认为，把握中国音乐理论话语需要建立整体观念，回归历史语境深入探讨。

秦序的《中国传统音乐"第三次断层"与理论话语体系重建》以中国传统音乐的第三次断层为切入点，深入分析第三次断层的特点与原因，针对痛点，切实指出解决方案。作者指出中国传统音乐发展的前两次断层（第一次是战国后期至秦、汉之间的战乱，第二次是唐末至五代）主要是由剧烈的社会矛盾以及政治、经济等社会内部因素的变化导致的，而第三次断层（19世纪后半叶至今）主要是由西方文化的冲击导致的。面对西方文化的强势入侵，中国很难平静、平稳地接纳、消化西方文化，并且保持平淡的心态，因此造成了民众对于"科学、民主认知的简单化"，盲目崇信西方文化，用西方音乐理论话语体系强行遮蔽、取代中国传统音乐理论话语，使其发生了严重的断层。然而中国传统音乐本身在西方外来文化的冲击下，其主体却得以保留和传承。中国传统音乐与中国传统音乐理论话语处境截然相反的主要原因在于，从事理论研究的知识群体在极端心态并存的心态影响下更容易认为西方文化代表先进，所以生搬硬套西方音乐学理论话语，消解中国传统音乐理论话语。面对传统音乐的第三次断层，许多音乐学家一直坚持立足本土文化，在借鉴西方音乐学理论的同时结合传统音乐理论，不断探索中国传统音乐。因此，当前建构中国音乐理论话语体系并不是凭空的，既要拓宽眼界，不断深入学习、了解世界上有价值的音乐学成果；又要扎根于传统音乐文化，重新认知、整理、阐释并发扬中国传统音乐理论和话语体系，在完善中国音乐话语体系的同时回馈世界音乐学理论和话语体系。

杨善武在《中国音乐理论体系的话语构建》中指出，中国音乐理论体系建设的过程、中国音乐理论话语构建的过程，以及对中国音乐本质特征及规律的认识过程，三者其实是同一的。中国音乐理论话语体系构建有三个来源：一是"来自音乐历史文献的表达与民间音乐的用语"；二是"来自对中国音乐历史与现存实践的研究"；三是"外来的主要是西方音乐理论的话语"。这三个来源的构建还要依据两个原则：一是"要能够准确反映中国音乐的本质特征与规律"，二是"要能够有效表达并构成统一完整的理论体系"。构建中国音乐理论体系要向西方学习建设音乐理论体系的有益经验，避免虚化、淡化、取消中国音乐以及绝对极端认知中国音乐的两种倾向，从而真正建立起中国音乐理论体系。杨善武提出的"三个来源""两个原则""两种倾向"是在建构中国音乐理论体系中需要时刻注意的，具有相当的现实意义。

尽管角度不同，但学者们有一个基本共识，即建设中国音乐理论话语体系必须扎根于中国传统音乐，吸收借鉴西方先进经验，构建具有中国特色的话语体系。

相比音乐学界，舞蹈领域的相关研究不是很多，邓佑玲的《舞蹈学中国学派的构成及其方向》是一篇值得关注的成果。作者从中国舞蹈理论体系形成的哲学基础、舞蹈学理论的历史积淀与发展、舞蹈学研究方法、舞蹈学学术话语体系建构及成就、舞蹈学科制度建设等方面，提出舞蹈学中国学派形成的根基、历史脉络与主要内涵。作者通过与世界其他舞蹈体系的比较，论及中国传统舞蹈体系在思维方式、行为方式及话语体系的独特之处。作者指出，中华传统哲学是舞蹈学中国学派形成的理论基石。中国几千年绵延不断、56个民族丰富多彩且自成体系的舞蹈文化传统积淀，是舞蹈学中国学派形成的实践基础。丰富的舞蹈图像、书面文献、乐论、"舞+"等独特而系统的舞蹈学术概念和学术范畴是建构中国特色舞蹈学科知识体系的重要传统与内涵。梳理清楚历史上舞蹈学研究中的中国学术传统，了解其形成的过程、内涵、特点等，有助于认清中国舞蹈学自身的特点和价值，也有助于充实和丰富世界舞蹈学理论体系。

三、戏剧与影视学

"中国电影学派"是学界研究的一大热点，涌现出的成果数以百计。与艺术学理论、中国传统音乐学等颇有不同的是，中国电影学的"三大体系"建设，正是以百余年来的电影创作为基础的。本文从数百篇论文中，选取了4篇文章。

陈吉德在《构建中国电影学派：研究现状、对象及意义》一文中，系统分析了中国电影学派的基本理论问题。作者指出中国电影学派是中国学派的一部分，不能被泛泛地等同于中国电影。研究现状部分涉及对电影民族化、中国电影全球化、中国影视民族学派、电影理论批评和中国动画学派五个方面的研究，指出当下中国电影学派理论体系构建研究比较零散，许多重大问题亟待探讨。研究对象方面包括对语境、功能、作品、主体和传播五个方面的研究，其中，功能研究是核心，其他内容皆是以此为核心展开，彼此间又相互影响。至于研究意义，构建中国电影学派有助于中国电影理论新的话语体系的打造，能推动电影创作实践，增强中国电影的学科对话能力，收集相关学术资料和传播中国梦的伟大理论。

饶曙光、李国聪的《阐释与构建：中国电影学派的历史考察与当代反思》一文，将中国电影学派放置于国家发展战略的宏观背景下，对中国电影学派的诉求与价值、路径与方法进行讨论。文章指出"'中国学派'不仅是一种历史现象，还是国家理论的重要分支和特定概念"。不论从国际化维度、历史维度还是现实维度来讲，构建中国电影学派都十分必要。然而，构建过程是艰巨的。这是由于中国百年电影史充满复杂性和变动性，因而许多学者难以清晰梳理其间变化，把握核心规律。同时，由于外来影片的影响，部分电影创作仍处于外来渗透和自身诉求相矛盾的境地之中。为此，作者提出将中国电影学派的构建作为战略选择、理论资源、机制体系、方法论体系、时代使命、思想共识和平台来进行建设，推进当下中国电影实现文化自信。

贾磊磊在《中国电影学派价值体系的时代建构》一文中，通过世界电影价值体系的分类、"电影学派"与"电影流派"的区别两个方面的探讨，对中国电影学派应具备的价值取向进行总结分析。他认为中国电影学派的标志性作品，应该是"能够展现中华民族的美学风范，传承中国文化的优秀传统，体现中国艺术的时代精神，引领中国电影未来方向的影片"。归根到底，中国电影学派的建构是立足于推进整个中国电影业的全面发展。然而，在建构过程中我们不该将电影作为强调思想属性、商业属性和艺术属性的工具。应当激活电影艺术的原创力，推动电影发行的良性竞争，拓宽影片放映的商业渠道，使影片产生更好的传播效应，从而实现其自身价值。

丁亚平的《"中国学派"与中国动画的过去、现在和未来》将"中国学派"放置于动画的视域下进行分析探讨。作者以上海美术电影制片厂为例，说明国产动画的突出特点是对中华文化的强烈认同感。关于"中国学派"的称谓，在电影领域最早是用于总结上海美术电影制片厂为主体的动画创作者及其作品。这是因为他们在开创民族风格的道路上推进了中国动画的建设与发展，对水墨动画的全新尝试以及丰富且成功的动画创作实践，代表作品包括《大闹天宫》《小蝌蚪找妈妈》等。作者认为，中国学派对于维护一定的学理性是很有意义的，它代表了民族和国家精神、中国传统艺术运用的重构与创造性转换和一种全球化空间下的电影"走出去"。

总起来看，学者们对中国电影学派的时代背景、价值取向、历史脉络、现实意义、方法路径、代表作品等问题进行了深入的剖析。

戏曲是中国本土的艺术类型，自20世纪五六十年代开始，以张庚、郭汉城为首的学者就开始了中国戏曲理论体系的建设，经过几十年的研究，已相对成熟。近些年来，梅兰芳表演体系是一个研究话题。最近几年，学界更多集中于对戏剧史和地方剧种史的研究之中，专门探讨"三大体系"建设的成果甚少。安葵的《通向中国戏曲美学体系——戏曲美学范畴研究的缘起与实践》一文，是其《戏曲美学范畴论》一书的导言。作者旗帜鲜明地指出，中国戏曲美学观念必须用中国自己的词语来表达，中国戏曲美学的许多范畴是与戏曲理论词语相联系的，因此研究戏曲美学要从戏曲美学范畴研究起。作者在书中研究了形神、虚实、雅俗、悲喜、美丑等10对范畴。作者指出了其研究思路，即探讨这些范畴产生的历史及演变，分析诗歌、音乐、绘画、书法等姊妹艺术的美学范畴对戏曲的影响，以及这些范畴被戏曲吸收之后产生的变化等。

四、美术学

与其他一级学科直接围绕"三大体系"建设命题本身进行探讨的路径

不同，美术学界更为敏锐地切入中国美术学发展的现实问题层面展开论述。特别是针对"现代性"这一无法回避的重要命题，美术界的总结与反思也给整个艺术学界带来颇多启示。

张晓凌的《"美术革命"与20世纪中国美术》一文，从"美术革命"的现代性价值命题出发，追述并呈现出20世纪中国美术变革的路径和风貌。张晓凌指出，"美术革命"的生发有其特定的历史背景和社会、政治与文化基础，将之界定为"时势的产物"，作为知识分子匡时济世之天然使命的方案呈现。在此基础上，作者梳理各家"美学革命"之主张与具体内容，明确美术系于科学与民主，倡导写实主义、反对旧文艺。至于"美术革命"对20世纪中国美术的影响，张晓凌主要从其与"五四以来的启蒙思潮""20世纪美术的思维模式""中国美术现代性""科学写实主义的胜利"四方面内容的关系出发进行论述，不仅肯定了此一命题的历史功绩，更强调其在中国美术的现代转型中所开拓出来的特色道路。

尚辉在《新中国美术现代性的命题与特征》一文中指出，现代性美术起源于欧洲的启蒙运动，这是一场提倡社会中每个人享有平等的审美权益，体现艺术教育的科学化和艺术创作个性化的变革运动。中国美术现代性问题是中国社会进入现代化所面对的且必须做出回应的重要命题，中国美术现代性变革以西方现代美术作为对照物，必然会带来中国本土美术传统与外来文化的冲突与融合，而贯穿于整个过程始终的核心问题是对中国现代社会人的精神观照。尚辉从五个方面对新时代美术现代性问题进行层层剖析。第一方面揭示了大众化美术对中国现代社会的思想启蒙、人性解放和理想建构的深刻作用。第二方面探讨了"现实主义"作为艺术创作方法和绘画表现手法在中国美术现代性变革中的独特地位和意义。第三方面对中国美术的现代性进行更加深入的探讨，认为中国美术的现代性实际上是东西方文化相互碰撞产生的文化跨越现象。油画、雕塑、版画等西方原发现代美术已经在不断融合中成为中国现代文化的重要组成部分。第四方面介绍了现代性的中国经验及其在全球范围内的互动，并概括为"内修"与"外拓"两种文化策略。第五方面归纳了新中国美术现代性的特征与内涵。中国美术在历史中的定位依然处于"复合"与"包容"的现代性阶段。

五、设计学

设计学是一个实践性很强的领域，除了艺术学，工学门类中亦有工业设计专业。相关研究更多围绕具体问题展开，专论"三大体系"的文章不多。杭间在《中国设计学的发凡》一文中指出，对设计学学科的讨论比较困难，一方面缘于设计学涉及面过于广泛，贯穿于整个生活；另一方面因为设计学产生时间太短，难以清晰界定。此外，他认为对"现代设计"的性质判断已经到了非常必要的时刻，进而提出了中国"现代设计"的时间界定问题。作者认为中国"现代设计"始于1978年，判断标准是整个中国社会形势和普遍对设计的认识水平。因为"只有一个全民认识到工业文明的最好发展是通过设计改善生活的社会，才能在各个层面呼应设计的精神，并通过消费选择设计，从而获得大众行为的至善"。他表示，想要完整描述中国设计历史的发展，就必须确定"设计"的性质，才能据此进行选择判断。同时，作者将中国设计学的现代研究体系划分为历史部分和理论部分。在历史部分，中央工艺美术学院集体编写的《中国工艺美术简史》是其代表；在理论部分，社会学与文化人类学是与设计学联系最紧密的学科。

杨先艺、刘震、汪笑楠在其合著文章《改革开放40年中国设计理论争鸣与中国设计学派话题重建》中，对改革开放后中国设计学发展状态进行的历时性的梳理分析。在20世纪80年代与设计学挂钩的关键词是"美学"，设计学的核心追求是功能美。然而我们不难发现"当时理想化的设计美学研究具有19世纪中期发生在英国的工艺美术运动的某些特质"，即"无法阐释改革开放初期中国设计产业振兴的实践性问题，也未能解答从工艺美术到现代设计必然的时代转型过程中的理论困境"。20世纪90年代，设计理论研究开始转向"工艺美术论"与"工业设计论"的讨论。首先，这与海外留学人士带回的海外设计理论相关，其中代表人物有柳冠中、王受之等。他们认为中国设计学的未来之路应该"通过超越单纯的工艺美术的美学与文化研究，将视野转向德国包豪斯学院的'现代工业设计'理论与美国现代商业设计理论进行本土化构建"。其次，随着中国工业化与市场经济的发展，艺术设计教育成为学科，在高校中广泛设立，设计理论研究也愈加学科化、系统化。21世纪初与设计相关的关键词是"伦理"，学者们开始关注环保、人本主义、人类文化多样性等问题。国家从战略层面提出"文化自信"等关键词，"中国设计学派""设计共同体"成为设计学科研究的热点问题。这标志着中国设计理论研究完成了自我认知的回归。

六、结语

全局来看，自习近平总书记在哲学社会科学工作座谈会上提出"三大体系"建设的重大命题以来，年轻的艺术学学科积极响应、守正出新，以多元视角和路径推进了中国艺术学学科的发展，整体呈现出这样几个特点。

第一，达成学科共识。就整体的艺术学科而言，五年来，艺术学界各学科以"三大体系"建设为动力，凝聚共识，共同发展。各学科以基础理论研究和历史反思为前提，或关注学科定位、学术特征，或深入中国艺术话语特色，整体构建起一种既充满活力，又合力向心的艺术学学科秩序。

第二，学科发展存有差异。就目前的成果情况而论，艺术学领域"三大体系"学科建设的视角不同、程度不一，也体现出一定的学科差异。这种差异一方面与各学科的学科属性、发展状况与关注领域有关，如戏曲学界自20世纪五六十年代即开始了中国戏曲体系的研究，在史论方面成果丰富。设计学更多偏于应用性，注重实践，研究兴趣集中于诸如环境保护、技术形态、互联网、服务之类的题目。另一方面，也应看到，艺术学理论、音乐学、电影学等学科之所以关注"三大体系"问题，与学术机构、学术期刊的引导同样不无关系，如中国艺术研究院音乐学研究所和电影电视艺术研究所，以及《文艺研究》《艺术学研究》等刊物，在这方面就做了大量工作。

第三，形成较强的学术自觉意识。中国艺术有自身丰富而独特的特点，建构中国自己的艺术体系是一个时代命题。比如音乐领域，早在20世纪50年代，就有学者提出建立"民族音乐理论"；电影领域，20世纪80年代也有学者提出"建立具有中国特色的电影学"的主张。而近年来，"中国学派"的提法得到了音乐、电影、舞蹈乃至艺术学等多学科学者的热烈呼应，相关成果甚多，显示出一定的学科信心。

第四，传统艺术体系不断加强。中国传统艺术有着特有的话语表达方式，呈现为一系列的范畴和观念，贯穿于中国哲学、文学和各艺术门类之中，从这些范畴入手，是把握中国艺术体系的有效方式。各学科的

"三大体系"建设论说中皆注意到这一点，且涌出了颇为丰富的理论成果，不过，真正能够体系而完整性地呈现中国艺术的特色的研究，仍然有待将来。

第五，突出开放包容的学科意识。建构中国艺术学的"三大体系"不能故步自封，不是自说自话，而要有一种包容开放的胸怀，一种全球化的眼光，坚持以马克思辩证唯物主义和历史唯物主义为指导，立足中华文化的根基，从中国的实际出发，立足中国的现实土壤，积极吸取、借鉴西方的优秀成果。从现有的成果来看，众多研究者确实具有中西比较的宏阔视野，能通过宏观的比较和历史的演进，看到中国艺术学学科的特色所在，并进而指出中国艺术学体系建设的致力方向。

但也要清醒地认识到，中国艺术学"三大体系"建设任重道远，绝非短期内即可完成。目前的成果多注重从宏观层面提思路、指方向，未来还需有更多微观而深入的具体研究来夯实。中国艺术学"三大体系"建设，有待于一代代学人的持续努力。

文艺高峰与中华民族新史诗研究报告

鲁太光　陈　越　杨　娟

2014年10月15日，在文艺工作座谈会上的讲话中，习近平总书记充分肯定了改革开放以来我国文艺创作取得的成绩。同时，站在实现中华民族伟大复兴事业的高度，对文艺领域存在的问题进行了系统深入的剖析，特别指出，在文艺创作方面"存在着有数量缺质量、有'高原'缺'高峰'的现象"，并号召广大文艺工作者静下心来，精益求精，努力创作"思想精深、艺术精湛、制作精良""无愧于时代的优秀作品"。[①] 2016年11月30日，在中国文联十大、中国作协九大开幕式上的讲话中，习近平总书记再次强调文艺的重要作用，鼓励广大文艺工作者"创作更多体现中华文化精髓、反映中国人审美追求、传播当代中国价值观念、又符合世界进步潮流的优秀作品"，并着重指出，"改革开放近40年来，我们党领导人民所进行的奋斗，推动我国社会发生了全方位变革，这在中华民族发展史上是前所未有的，在人类发展史上也是绝无仅有的。面对这种史诗般

[①] 习近平：《在文艺工作座谈会上的讲话》，《人民日报》2015年10月15日。

的变化，我们有责任写出中华民族新史诗"。①经由这两次讲话，"文艺高峰"和"中华民族新史诗"作为理论命题在顶层设计层面被提出来，并逐渐成为文艺界、理论界的研究重点，或申请课题，或自主研究，成果陆续发表。

为了对这两个理论命题的研究状况进行研判，我们对这些年来的研究成果做了收集、整理。②在中国知网上检索到与"文艺高峰"相关的论文有150篇，其中期刊上发表的有74篇，报纸上发表的有76篇（包括报道、社论、论文、访谈、笔谈、会议综述等）。同时，在"《人民日报》图文数据库（1946—2021）"检索到中国知网未能收录的在《人民日报》上发表的系列文章。《人民日报》"文艺评论"副刊专门开辟了"高峰之路"和"高峰之鉴"两个栏目，刊登国内各领域专家学者从创作实践和历史启示两方面所撰写的专题文章。前一专题持续时间较长，从2018年8月至2020年7月，共发表了62篇文章。后一专题的持续时间为2017年11—12月，共发表了5篇文章。2019年10月15日，《人民日报》以"向文艺高峰迈进"为总题，刊登了尚长荣、姜昆、张译、赵季平、陈彦、孟克吉日嘎拉、郭帆7位文艺工作者讲述自己学习习近平总书记《在文艺工作座谈会上的讲话》心得和实践体会的文章。除上述专题之外，还有6篇文章从文艺理论、美学、影视、美术等方面探讨"文艺高峰"问题。综上所述，自2014年10月15日习近平总书记主持召开文艺工作座谈会以来，各大报刊上共发表有关"文艺高峰"的文章约230篇。可以说成

---

① 习近平:《在中国文联十大、中国作协九大开幕式上的讲话》,《人民日报》2016年12月1日。
② 我们以"中国知网数据库"为主，兼顾"《人民日报》图文数据库（1946—2021）"，以"文艺高峰""中华民族新史诗""新史诗"为关键词进行检索，对检索到的文章进行阅读，再去掉与本论题关系不大的文章。

果相当丰富。

与"文艺高峰"的研究成果相比,"中华民族新史诗"的研究成果相对较少。一方面可能是因为这一命题难度较大,另一方面也可能是因为这一命题本就内含于"文艺高峰"研究。在中国知网的"中国重要报纸全文数据库"和"中国期刊全文数据库"中,以"中华民族新史诗""新史诗""新的史诗"为关键词进行检索,各类报刊上共发表论文 34 篇,其中报纸上发表的有 25 篇,期刊上发表的有 9 篇。

研读这些论文,我们发现研究者要么从理论角度切入,探究创造"文艺高峰"和书写"中华民族新史诗"的内在规律及保障机制,要么结合中外文艺史的史实,总结我国文艺以至世界文艺史上的"文艺高峰"现象所提供的历史经验,为当下提供借鉴,也有研究者从作家个体入手,探讨"文艺高峰"生成的具体经验。总之,亮点不少。

亮点一:理论分析有深度

无论是"文艺高峰"还是"中华民族新史诗",作为崭新而又重要的时代性命题,首先需要从理论上加以研究,廓清方向、探索路径,从而更好地发挥引领作用,推动创作,这也正是相关研究最大的亮点。对这两个命题,特别是"文艺高峰"的研究,在理论上达到了一定的深度。首先,有学者从保障机制出发,研究"文艺高峰"产生的客观条件。如,王一川认为筑就"文艺高峰"是一项"综合的和全面的人类社会生活活动","需要数量众多而功能不同的各类艺术人才共同参与",他还列举了筑就"文艺高峰"必需的五类人才:文艺立峰人,即创作"文艺高峰"作品的少数顶尖艺术家;文艺造峰人,即为文艺立峰人提供社会物质与精神条件保障的人们，包括普通人和为文艺立峰人提供精神资源和思想启迪的哲学家、思想家等；文艺测峰人，即运用研究手段和批评的方式去测量和评价文艺高峰的文艺理论家、文艺批评家和文艺史家等；文艺观峰人，即千千万万具备优良艺术素养、懂得并善于鉴赏真正"文艺高峰"的大量公众；文艺护峰人，即善于守护或维护文艺高峰的各级各类文艺管理者。[1]在另一篇文章中，他还特意强调，筑就"文艺高峰"不仅"需要建设国家体制和管理上的自由环境"，而且"还需要实现艺术家和相关社会各界的思维方式的自由"[2]。这些论述，讨论了创造"文艺高峰"的保障机制，较有启发意义。

李修建推进一步，提出了创造"文艺高峰"的"生态学"概念，他在对中外文艺史上关于"文艺高峰"生成的重要理论观点进行缕述后提出，形成创造"文艺高峰"的良好生态至少应把握以下几条规律：一是营造良好的社会和文化氛围以及相对宽松自由的创作环境，使文艺工作者能够全身心投入创作，而较少功利目的。二是注重艺术家整体文化素养的提升，今后的教育体制中，需要注重艺术家人文素养的培育。三是培育艺术家群体。伟大的艺术家不是孤立出现的，在他的周围常有一个"集团"、一个"学派"、一个艺术家聚落，志同道合的同人集聚在一起，切磋砥砺，形成良好的艺术创作氛围和艺术雅集氛围，更能促成艺术精品的出现。四是提升民众的文化素养和审美品位，使其能接受、欣赏相对高雅的文学艺术，尊重相关领域的艺术家。不仅如此，在讨论了创造"文艺高峰"的"生态学"机制后，李修建还从文艺家主体精神这一角度出发，讨论了创造"文

---

[1] 参见王一川《立峰人、造峰人、测峰人、观峰人、护峰人——筑就文艺高峰的主体力量》，《光明日报》2017年3月8日。

[2] 王一川：《中外文艺高峰观及其当代启示》，《文艺争鸣》2018年第6期。

艺高峰"的"动力学"因素，即文艺家要想创造出"高峰"之作来，还须有"超出一己私利的宏大抱负、高远理想和形上追求"，要有"对于人类精神等终极问题的追问和思索"，要"受个人才情和创作欲望的驱使"，因为"一切优秀的艺术作品，都离不开艺术家的这种情感，离不开他们对于自然、生命、民族、国家、历史的诚挚热爱"，"唯有如此，才能为艺术作品贯注伟大的生命力"，此外还需要"受良好的批评氛围的促动"。[①]

诚如李修建所言，创造"文艺高峰"，不仅需要良好"生态"，而且要有强大"动力"，一些学者从更加具体的角度切入，研究创造"文艺高峰"的动力机制。马建辉认为，"艺术理想是文艺作品中的'钙'，失去理想，文艺作品同样会得'软骨病'，会形态萎靡、精神猥琐，在市场经济大潮中迷失方向，沉沦于世俗欲望的泥淖"[②]。即"艺术理想"是创造"文艺高峰"必需的动力。由此出发，他进一步探讨了"艺术理想"应该包含的三个基本维度。首先是社会维度，也就是说"艺术理想里面必然蕴涵着文艺家的社会理想"，他还举例分析说，"正如《汤姆叔叔的小屋》之于黑奴解放，《国际歌》之于无产阶级革命，《钢铁是怎样炼成的》之于苏维埃政权，《黄河大合唱》之于爱国救亡，'十七年文学'之于新中国建设，可以说，艺术理想的崇高性，就在于其社会维度，在于其境界高远的社会理想"。[③] 其次是人生维度，"因为在优秀的文艺家眼中，文艺创作是人的灵魂工程，是改良人生的利器，而道德感的确立则是这一工程的基石"，所以"如果文艺理想失去了人生的维度，那么，文艺创作就会如同'探龙颔

---

① 李修建：《论文艺高峰的生态学和动力学》，《艺术评论》2019 年第 6 期。
② 马建辉：《坚守艺术理想，筑就文艺高峰》，《文艺报》2017 年 1 月 18 日。
③ 马建辉：《坚守艺术理想，筑就文艺高峰》，《文艺报》2017 年 1 月 18 日。

而遗骊珠'"①。再次是艺术维度，具体而言，"如果说艺术理想的社会维度侧重求真、人生维度侧重求善的话，那么，艺术理想的艺术维度就是侧重求美。求美，实际上就是呈现美，即能够把自然美、社会美、人生美艺术地呈现出来"②。他还分析了艺术理想与艺术实践中"眼高"与"手低"矛盾问题，认为只能以"眼高"带动"手低"，而非相反。

李洋则从"时代精神"的角度出发，探讨创造"文艺高峰"的动力机制。他首先引用黑格尔的定义，指出所谓"时代精神"就是"贯穿着所有文化部门的特定的本质或性格"。哲学、艺术和科学都是"时代精神"的表达，但是黑格尔强调哲学在时代精神中格外特殊，因为"哲学是对时代精神的实质的思维，并将此实质作为它的对象"，也就是说在"时代精神"中，哲学的形式与艺术、科学上的成就是共存共生的，但哲学不仅是"时代精神"的实质内容，也在外部把"时代精神"作为它思考的对象。因此哲学通过"时代精神"与艺术经典发生关系，同时哲学也与艺术经典共同构成了"时代精神"的表达。在此基础上，他归纳了哲学与艺术经典发生关系的三种形式：第一种关系是哲学的"时代精神"体现为"意志"，"对艺术家和艺术经典发出召唤，推动经典作品的形成"，即"哲学家把对世界的敏锐观察，凝汇在时代的问题中，哲学对知识状况的概括和对社会变迁的预见，为艺术创作开辟了新的领地，为即将发生的艺术创作指出了最有价值的方向，酝酿和召唤艺术杰作的出现"。换言之，哲学像先知，"哲人们的思想启迪着艺术，让艺术家清晰感到时代变动的感召，灵敏地发现时代的问题，再通过他无与伦比的想象和才华去创作出经典作品"③。他还

---

① 马建辉：《坚守艺术理想，筑就文艺高峰》，《文艺报》2017年1月18日。
② 马建辉：《坚守艺术理想，筑就文艺高峰》，《文艺报》2017年1月18日。
③ 李洋：《时代精神与文艺高峰——哲学对艺术经典的三种建构》，《民族艺术研究》2019年第2期。

列举了狄德罗等启蒙思想家对法国新古典主义艺术的影响、赫尔德对歌德的影响来论证这一问题。第二种关系是哲学的"时代精神"体现为"语言",即"哲学本身可以进入艺术的语言本体,让思想与艺术共生,把哲学沉思转化为艺术作品的形式或风格"。也就是说,"时代精神不仅能从外部对经典的出现推波助澜,在艺术文本内部,哲学也可以产生影响"。①哲学家与艺术家在相同的"时代精神"中共同思考,共同创作。他以法国哲学家福柯与比利时画家勒内·马格利特间的一段佳话作为例证。第三种关系是"哲学的时代精神体现在来自'未来的功能'",即哲学"以回溯的方式参与艺术作品的经典化和再经典化"。②他以德国存在主义哲学家海德格尔对荷尔德林的再解读为例论证,正是对时代精神的洞察使海德格尔重燃了100多年前的诗歌之火。

除了从艺术理想、时代精神等角度出发探讨"文艺高峰"生成的内因,一些研究者也高度重视文艺的形式因素,探讨创造"文艺高峰"必须注意的形式之维。比如,刘涵之就指出,艺术形式是艺术品的符号呈现方式,任何艺术品首先都是通过形式触动人们的感官,令其"兴起",从而引发人们借助它去探讨艺术的奇妙世界,也就是说艺术的主题、内容只有转化为形式,才有可能为人所接受与领悟。据此,他强调指出,作为文艺发展史上的特殊现象的"文艺高峰"显然也存在着"形式标准"。③他还对中外文艺史上文论家、哲学家关于文艺形式的重要论断进行梳理并加以论证。这一"提醒"无疑是必要的。

赖大仁则从现实主义文艺创作规律出发,强调"典型化"对于"文艺

---

① 李洋:《时代精神与文艺高峰——哲学对艺术经典的三种建构》,《民族艺术研究》2019年第2期。
② 李洋:《时代精神与文艺高峰——哲学对艺术经典的三种建构》,《民族艺术研究》2019年第2期。
③ 参见刘涵之《形式演变视野中的文艺高峰》,《民族艺术研究》2020年第2期。

高峰"的重要性。他首先指出,"典型化"就是要求文艺家以高于生活的标准来提炼生活,"创造出具有鲜明个性化和高度概括力的艺术形象"①。在此基础上,他又强调,文艺创作的典型化"首先表现为典型人物的创造",而典型人物的创造则必须既要突出人物的个性化描写,尤其是要避免那种脱离生活真实而凭空虚构的"恶劣的个性化",又要"强化人物性格的概括性、丰富性和深刻性",尤其要注意在生活积累的基础上进行提炼概括,以创造活生生的典型人物。此外,创造典型人物还要避免"写实主义"的不良倾向,要有审美理想。②

与刘涵之、赖大仁不同,陈雪虎虽从形式入手,但却更辩证,对"文艺高峰"的内在规定性进行了探讨。他首先对接受美学、文本理论、博尔赫斯的经典论进行反思,指出这些理论对"文艺高峰"的理解皆有失偏颇,因为它们都忽视了文本的内在规定性,即"作品的内在特性和它的艺术概括同生活的运动及其发展趋势的相互关系,是同现实生活、同艺术家进行创作的那个时代以及以后各个时代的现实和精神体验的相互关系"③。"高峰"之作所以产生,在于它们扎根于这种关系,故能"从根本上直抵生活和人心,一直不断地以其独到的深刻内容,刺激着、警醒着、搅扰着、提振着人们对现实生活这些和那些方面及问题的感知、理解、思考和求索,直至当代而影响不绝"④。

---

① 赖大仁:《追求典型化创造　攀登文艺创作高峰》,《文艺报》2017年10月9日。
② 参见赖大仁《追求典型化创造　攀登文艺创作高峰》,《文艺报》2017年10月9日。
③ [俄] 赫拉普钦科:《赫拉普钦科文学论文集》,张捷、刘逢祺译,人民文学出版社1997年版,第218页。转引自陈雪虎《"传世的秘密"解析:试探文艺高峰的内在规定性》,《当代文坛》2019年第5期。
④ 陈雪虎:《"传世的秘密"解析:试探文艺高峰的内在规定性》,《当代文坛》2019年第5期。

亮点二：典型示范有针对

除了从理论维度分析"文艺高峰"生成的必要条件外，一些研究者还选取中外文艺史上的"高峰"时代，对其时"文艺高峰"形成原因进行概括、提炼，为当下创作"高峰"之作提供借鉴。其中最值得重视的是《人民日报》文艺评论版"高峰之鉴"栏目组织的5篇文章。而其中最有启示的，当属葛晓音的《唐代文学高峰的启示》。

在葛晓音看来，唐代文学繁荣的原因很多，"有些时代条件是难以复制的"，但这里边"也有文人们的自觉努力，其中有些因素仍然值得当代文艺工作者思考"。[①] 她认为唐代"文学高峰"值得今人借鉴的主要有三点：一是唐代文人"为时代而创作的使命感是文学高峰形成的前提"。唐代经历了由盛而衰的变化，有治乱两种不同的时世，但这两种时世文学都取得了极高成就，至关重要的原因，"是文人们在不同时代条件下都能将个人和国家命运联系在一起，具有为时代而创作的强烈责任感"[②]。二是"文学高峰的形成与文学风气和文学形式大力变革有关"。具体来说，在诗歌方面，"汉魏六朝诗以其开创性成就为唐诗奠定基础"，但"由于齐梁陈隋时期诗风愈趋浮靡，唐朝为吸取前朝覆亡的教训，从开国之初就将政治革新和文风革新联系在一起"，且这一努力前后贯穿，"从初唐到盛唐，诗歌经历过三次重要革新。其主要方向是提倡诗歌文质兼备，核心内涵是发扬比兴寄托的风雅传统，肃清浮华绮丽的文风"。[③] 正是经由这样的努力，"建安气骨在开元中为诗人们广泛接受"，而"政治气象的更新又促使诗人

[①] 葛晓音：《唐代文学高峰的启示》，《人民日报》2017年11月10日。
[②] 葛晓音：《唐代文学高峰的启示》，《人民日报》2017年11月10日。
[③] 葛晓音：《唐代文学高峰的启示》，《人民日报》2017年11月10日。

们把共同的时代感受反映到诗里,并意识到他们渴望及时建功立业的人生理想正是建安气骨和时代精神的契合点"①,以建安气骨为核心的"盛唐气象"就是这样形成的。在散文方面,由于历史演变的原因,到南朝时,"散文只能在少数历史地理著作中保留一点自己的地盘",唐代"骈文更加盛行,又大多用来歌功颂德、粉饰太平,变得越来越空洞浮夸"。②"安史之乱"后,唐王朝由极盛转为极衰。"不少文人认为国家动乱的根本原因是儒家思想的衰落,儒学衰微又和浮靡文风的流行有关",所以一些文人起来反对"俪偶章句",提倡恢复上古时代的淳朴文风。韩愈和柳宗元更是自觉地担当起创造新体散文的历史使命,创造出新散文。概言之,"唐代诗歌和散文高峰的出现与文人们革新文风和文体的自觉努力密切相关。当不良的风气和形式影响到文学健康发展时,总有一些有识之士出来力挽颓风。经过几代人前后相继,最后才会出现既有清醒的理论认识,又有创新能力和过人才华的大家,总结前人得失,推动文学变革,使之登上新的高峰"③。三是"唐代诗人善于提炼具有普遍性的人情,表现人生共同感受,使之达到接近生活哲理的高度,因而在百代之下犹能引起最广泛的共鸣",即"人类的社会生活、阶级属性、时代环境虽然千变万化,但是总有一些共通的至少是本民族共有的情感体验",而唐代诗人极擅把握这种共同的情感经验,并将其凝萃为诗语,无论谈人论世,还是吟咏山水,"历千百年之久仍能触动人心,又如才脱笔砚一般新鲜"。④葛晓音的分析极其深刻、到位,谈的虽然是唐代的艺术问题,但却非常有现实意义。

---

① 葛晓音:《唐代文学高峰的启示》,《人民日报》2017年11月10日。
② 葛晓音:《唐代文学高峰的启示》,《人民日报》2017年11月10日。
③ 葛晓音:《唐代文学高峰的启示》,《人民日报》2017年11月10日。
④ 葛晓音:《唐代文学高峰的启示》,《人民日报》2017年11月10日。

程正民的《十九世纪俄罗斯文学高峰的启示》也颇有启发价值。俄罗斯文学群星璀璨，大师辈出，是世界文学宇宙中颇为壮美的星河，而且俄罗斯文学与中国现代文学有着极其密切的关系，对其"高峰"形成之因进行探究，必然会对我们当下创造"文艺高峰"有所补益。在程正民看来，俄罗斯文学之所以在19世纪形成"高峰"，一个原因是俄罗斯文学家、艺术家"始终与时代和人民血肉相连"，19世纪的俄罗斯，人民受沙皇专政压迫，没有任何民主自由可言，于是文学成为人民表达思想感情的唯一场所，文学艺术家成为人民代言人，"从普希金到托尔斯泰，俄罗斯作家不怕一切形式压迫，他们在作品中深刻揭露和批判专制社会黑暗，对被侮辱被损害的下层人民寄予深切同情，不仅尖锐体现'谁之罪'问题，而且苦苦探索'怎么办'的出路"。[1] 由此，俄罗斯文学真正成为时代前进的号角和人民的良心。其次，19世纪俄罗斯文学始终"坚持历史进步立场，表现人道主义精神"，且尤其可贵的是，他们将"进步的历史立场"与"人道主义精神"完美地结合在一起，"正是这种社会理想和人道理想的融合、社会批判精神和人文精神的融合，才使得俄罗斯文学在世界文学中独放异彩，并且具有永久艺术魅力"。[2] 再者，俄罗斯文学始终扎根俄罗斯文化传统、民族文化精神，这才使其形成了"为人生"的方向和"销魂而广漠的哀愁"的基调。俄罗斯文学的这些特点，都值得我们深思。

除了这个专题中的文章，鲁太光讨论巴尔扎克的论文也有值得参考之处。与上述文章主要讨论某个时段或某个国家的"文艺高峰"不同，鲁太光专门讨论19世纪法国批判现实主义大师巴尔扎克的创作经验，切入口

---

[1] 程正民：《十九世纪俄罗斯文学高峰的启示》，《人民日报》2017年12月12日。
[2] 程正民：《十九世纪俄罗斯文学高峰的启示》，《人民日报》2017年12月12日。

更小，讨论更细致，其总结出来的可借鉴之处也更具体。作者首先从一个问题——马克思、恩格斯为什么喜欢巴尔扎克——出发，经过对巴尔扎克和马克思、恩格斯相关言论的比对，指出"巴尔扎克虽不可能像马克思、恩格斯那样通过科学、严谨的政治经济学分析，以百科全书式的全面、辩证，揭示出资本的秘密，但他却通过自己天才的感受力抓住了这个秘密，并用自己的如椽之笔写了下来。因此，我们可以说巴尔扎克是马克思、恩格斯的'同道'——他们都是资本主义的社会记录者、精神分析师"[1]。正是出于这个原因，马克思、恩格斯对巴尔扎克高度肯定，也可以说他们之间"惺惺相惜"。但这只是马克思、恩格斯喜欢巴尔扎克的原因之一，另一个原因是巴尔扎克"用自己的作品为所处的时代赋予了一种梦幻般的色彩，即他用梦幻的形式为我们再现了19世纪法国社会、资本社会的本质"。更具体地说，是巴尔扎克为其时的资本主义社会找到了一副"动物"的面孔，把这个社会、这个时代的丰富性、戏剧性完美地揭示出来。正是这两点使巴尔扎克成为欧洲19世纪批判现实主义的"高峰"，并得到马克思、恩格斯的青睐。作者进而总结指出："抓住时代的本质，并为其找到最为合适的形式，这就是巴尔扎克给予我们的启示。"[2]

---

[1] 鲁太光：《马克思、恩格斯为什么喜欢巴尔扎克——关于"文艺高峰"问题的思考》，载中国艺术研究院科研管理处编《文艺创作"高峰"问题研讨集》，文化艺术出版社2019年版，第11—12页。
[2] 鲁太光：《马克思、恩格斯为什么喜欢巴尔扎克——关于"文艺高峰"问题的思考》，载中国艺术研究院科研管理处编《文艺创作"高峰"问题研讨集》，文化艺术出版社2019年版，第16页。

亮点三：历史分析有见地

"文艺高峰"是历史地形成的，且其形成过程并非均衡运动，而是如波浪般起起伏伏，有时孤峰独立，有时群峰并起，有时平平无奇，有时还布满了低谷乃至深渊，因而选取一定的历史时段，追踪其间的文艺发展轨迹，特别是"高峰"与"低谷"交替的印迹，进而分析其原因，必然会为我们创造中国特色社会主义新时代的"文艺高峰"提供极其有益的启示和借鉴。在这方面，摩罗的研究就很有代表性。

在《"高峰"与"深渊"：中国百年文艺的生与死——以小说为例》中，摩罗以小说为例，总结百余年来中国文学、文艺发展的经验教训，探究"文艺高峰"迟迟未见的原因。他首先分析了西方现代小说诞生的社会文化背景，指出"西方现代小说，是与中世纪及其以前盛行于世的民族史诗、英雄传奇、宗教劝谕故事等虚构文学作品相对举的文体现象。现代小说关注世俗的现实生活，关注平凡人们的命运、奋斗历程、心理诉求及其生活状态"，因而等同于伊恩·瓦特的"现实主义"概念。[1] 这一社会文化背景赋予西方现代小说以一种"文学精神"——充当社会生活和日常生活的反映者、记录者并进而成为百科全书，"这种文学精神反过来赋予现代小说一种新的特质：那就是最大限度地参与到社会思潮和文化思潮之中，以期对人类生活产生历史性的影响"[2]。

正是这一特质，吸引了近代以来的中国精英知识分子，使他们将现代

---

[1] 摩罗：《"高峰"与"深渊"：中国百年文艺的生与死——以小说为例》，载中国艺术研究院科研管理处编《文艺创作"高峰"问题研讨集》，文化艺术出版社2019年版，第72页。
[2] 摩罗：《"高峰"与"深渊"：中国百年文艺的生与死——以小说为例》，载中国艺术研究院科研管理处编《文艺创作"高峰"问题研讨集》，文化艺术出版社2019年版，第72—73页。

小说作为启蒙社会、改良人生的文化利器，迫切地引用进来、使用起来。但是由于学习时的心态过于迫切，使他们忽视了西方现代小说的世俗底色，即西方现代小说在其发展中并未割断与市民社会的联系，而我们的现代小说则是现代精英的思想武器，可谓"精英小说"，"从它诞生起就一直具有脱离民间社会、脱离社会底层人群的倾向"，而且"由于其过于强烈的启蒙冲动，甚至与底层人群的文化生活和精神生活形成了某种对立关系（启蒙与被启蒙）。由文化精英对民间社会进行思想启蒙和灵魂改造，一直是现代小说中甚为活跃的主题"。[1] 这一定位，带来了一个直接后果，那就是尽管这些精英知识分子也同情底层，但"这些同情不足以促使他们去理解底层人民的文化信念、审美趣味、生活习性、情感期待，所以，他们的整体倾向是把底层人民定义为无知、自私、狭隘、愚昧、奴性、麻木、低级趣味的负面人物"[2]。极而言之，早期中国现代小说从西方现代小说中移植了世俗关怀和社会风貌的命题，但却将他们天上人间的广阔性和丰富性、上天入地的辽阔思维和伟大气魄不自觉地抛弃掉了，这必然影响其生命力。

随着中国革命的发展，中国现代小说迎来了一个伟大转机，"就像五四时期的小说有意抵制中国古典小说的影响一样，共产党人在革命运动中发展起来的小说，也有意抵制五四小说贬低劳动人民之思想倾向之影响，而放大了它用以进行政治组织和社会动员的功能设置"[3]。换言之，中

---

[1] 摩罗：《"高峰"与"深渊"：中国百年文艺的生与死——以小说为例》，载中国艺术研究院科研管理处编《文艺创作"高峰"问题研讨集》，文化艺术出版社2019年版，第74页。

[2] 摩罗：《"高峰"与"深渊"：中国百年文艺的生与死——以小说为例》，载中国艺术研究院科研管理处编《文艺创作"高峰"问题研讨集》，文化艺术出版社2019年版，第75页。

[3] 摩罗：《"高峰"与"深渊"：中国百年文艺的生与死——以小说为例》，载中国艺术研究院科研管理处编《文艺创作"高峰"问题研讨集》，文化艺术出版社2019年版，第77页。

国革命不仅在实践中将被颠倒了的历史颠倒过来，使人民成为历史的主人，而且在文学艺术上也将被颠倒了的历史颠倒过来，使人民成为文学艺术的主角，这"给中国文学注入了崭新的灵魂和气质，中国现代小说因此产生了脱胎换骨的变化"[①]。其最直观的表现，就是与"五四"以来的"精英小说"中充斥着大量麻木无知的庸众不同，这一时期的中国现代小说中出现了许多敢爱敢恨、敢想敢干的平民英雄，与"五四"以来的"精英小说"气氛往往沉重压抑不同，这一时期的中国现代小说朝气蓬勃，新人耳目。之所以如此，是因为创作主体发生了变化，"五四"时期的创作主体没有思想能力理解中国革命的性质和使命，没有思想能力理解人民的力量和诉求，而中国革命实践及在这一过程中锤炼出来的思想文化，则赋予一代作家人民立场和人民文学观，"使得作家终于能够发现底层劳动人民的革命立场和热情，能够发现底层劳动人民掌握自己命运的内在渴望和创造历史的伟大力量"，因而愿意用自己的文字或其他艺术手段"表现人民群众改变自己命运、改造社会现实的历史实践和精神风貌"[②]。而且经由无数文艺家的努力，形成了一个伟大的文艺传统——"人民文艺"。更加可喜的是，伴随着"人民文艺"的诞生，很快就迎来了其"高峰"时代，产生了《黄河大合唱》《白毛女》《小二黑结婚》《太阳照在桑干河上》《东方红》《创业史》《三里湾》《山乡巨变》等大量杰作，其光彩辉耀人间。

然而，在社会主义建设后期，由于对人民文艺观的错误理解，使其陷入机械化、公式化的困境，甚至将文艺争鸣错误地变成人身批判，极大地

[①] 摩罗：《"高峰"与"深渊"：中国百年文艺的生与死——以小说为例》，载中国艺术研究院科研管理处编《文艺创作"高峰"问题研讨集》，文化艺术出版社 2019 年版，第 77 页。

[②] 摩罗：《"高峰"与"深渊"：中国百年文艺的生与死——以小说为例》，载中国艺术研究院科研管理处编《文艺创作"高峰"问题研讨集》，文化艺术出版社 2019 年版，第 79—80 页。

扼制了文艺生产力，因而新时期之后，许多作家纷纷逃离人民文艺的立场，尤其是 20 世纪 80 年代中期之后，随着反思文学、先锋文学的流行，不仅人民文艺传统被边缘化，而且一些文艺家"直接继承了五四新文化运动的片面批判中国历史和中国人民的传统，对清末以来殖民主义者所加给中国的诬陷性描述和歧视性批判，照单全收，用比五四一代更为细致的文学笔触，对他们想象中的中国社会的黑暗、中国文化的丑陋、中国国民的愚昧，进行了淋漓尽致的展现和愤恨交加的批判"①。这对新时期历史虚无主义和逆向种族主义思潮形成起到了推波助澜作用，由于这些小说忽视人民立场，沉迷个人世界，故可命名为"个人小说"。

在摩罗看来，百年来，从"精英小说"到"人民文艺"，再到"个人小说"，中国文学完成了一个周期。百年来小说创作的起伏，是政治文化生态颠簸动荡之历史的体现：清末以降，中华遭遇前所未有的大敌和危机，虽左冲右突，但困顿重重，未得突破。因长期失败，精英群体陷入恐惧慌乱，甚至迷失了方向，看不见民族生活深处的光。虽然中国共产党带领中国人民扭转了近代以来沉沦的走向，积极探索中国道路、中国方向，并产生了历史上绝无仅有的"人民文艺"，但由于社会主义建设遭遇挫折，一些文化精英又心慌意乱，迷失自我。因此要想创造新时代的"文艺高峰"，"当务之急是恢复民族自信，进行切实的文化建设和精神建设"②，重建文艺与人民的血肉联系。

虽然具体判断有所不同，但刘佳帅的研究与摩罗有异曲同工之处，他

---

① 摩罗：《"高峰"与"深渊"：中国百年文艺的生与死——以小说为例》，载中国艺术研究院科研管理处编《文艺创作"高峰"问题研讨集》，文化艺术出版社 2019 年版，第 83 页。
② 摩罗：《"高峰"与"深渊"：中国百年文艺的生与死——以小说为例》，载中国艺术研究院科研管理处编《文艺创作"高峰"问题研讨集》，文化艺术出版社 2019 年版，第 87 页。

把已处于完成时态的 20 世纪中国艺术分为四个时段，并对不同时期"高峰"产生的时代背景和艺术理念进行了归纳：在 20 世纪前期，中国的颓败让国人面临着艰难困境，既要批判中国传统文化中的痼疾，又希望带领大众奋发图强。正是在这两难困境中，一批艺术先锋进行探索，产生出了一批具有"高峰"意义的艺术家及作品，"徐悲鸿和林风眠显然是其中当之无愧的代表"，他们"共同秉持着'美育救国'的思想，在不同的创作方向上殊途同归地呈现了中国画现代变革的多种可能性，树立了 20 世纪初期中国艺术的高峰"。① 延安时期，为呼应"艺术大众化"和"大众化艺术"的主题，"由一批充分发挥艺术社会功用价值的艺术家的共同创作"，构成了一座"高峰"群像。新中国成立后，在社会主义建设及运动中，艺术家充分发挥艺术的社会功能，展示了在"为人生而艺术"的道路上达到的"高峰"地位，共同塑造出新中国典型的人民形象，成功地建构了新型的国家形象。20 世纪后期，在"解放思想、实事求是"的号召下，艺术家们以新视角感受时代精神，个性意识空前高涨、审美意识空前发达，出现了一些以"描绘日常生活的'真'"为旨归的"高峰"之作，而且影响至今。②

基于这一梳理，刘佳帅提醒我们，面对当下新的历史境遇（全球化）、新的生活方式（视觉文化），传统的话语体系已然不再适用，"今天的全球艺术交流语境以及新型的生活情境，使得'东方'与'西方'、'传统'与'现代'等二元区分被消解，从而彰显出人类命运共同体的新形态"，因而中国艺术家的艺术表达，要"更加凸显出与全球艺术生态之间的关系，并

---

① 刘佳帅：《20 世纪以来中国美术高峰的演变脉络与再塑依据》，《美术》2019 年第 2 期。
② 刘佳帅：《20 世纪以来中国美术高峰的演变脉络与再塑依据》，《美术》2019 年第 2 期。

需要在内外之间审视艺术的表达效果"。①

亮点四：结合现实有针对

在梳理相关资料时，我们为结合当下语境分析"文艺高峰"问题的论文匮乏而苦恼，毕竟"文艺高峰"是针对当前文艺现状而提出的一个理论命题，缺乏对当代语境的分析，无论如何都是一大缺憾。但唐宏峰的《新机制、新媒介与当代性——对当代条件下文艺高峰建设的思考》，在一定程度上缓解了我们的焦虑。她开宗明义地指出："思考当代中国文艺高峰建设，需要充分考虑文艺体制/场域的当代性新特点。"而"与传统的文艺创作格局相比，市场和经济的因素对当代文艺生产有着更大的作用和影响。当代文艺创作无法单纯作为与商业无关的纯粹精神创造，而是与版税、票房、拍卖价格等多种经济利益有着密切关系。因此，这样作为产业的文学艺术，就不是单纯的艺术创造，而是一个复杂的产业系统，要依赖多种力量的综合，形成一个在国民经济中能够发挥重要作用的行业"。②当代文艺产业系统的复杂多变，不仅是一种外部规约，而且已渗透进文艺创作内部，使文艺创作的诸多要素、环节发生了"质变"。唐宏峰指出，有两个突出的现象需要重视：一是"创作主体的多样性"，即与传统的创作主体是文艺家个人不同，"当代的文艺主体构成已不单纯是少数专业天

---

① 刘佳帅：《20世纪以来中国美术高峰的演变脉络与再塑依据》，《美术》2019年第2期。
② 唐宏峰：《新机制、新媒介与当代性——对当代条件下文艺高峰建设的思考》，《文艺争鸣》2018年第6期。

才，而是数量更多、范围更广、成分更多样"。① 二是"创作主体的多重性"，即"文艺作品具有非单一的多重作者，创作被分解为多重作者的分工合作，复合的作者给当代文艺带来一种生产性、工匠性和物质性"。② 也就是说，当代艺术家族有了更多的"综合艺术成员"。比如影视艺术创作就需要包括导演、制片人、编剧、摄影、美术、录音、演员、服化道等在内的庞大团队。因此，创造新时代"文艺高峰"就必须考虑这一主体构成特点，"在努力培育大师天才之外，还要注意引导更多样类型的创作群体的提升，鼓励、扶持与认可多种创作群体，将建设文艺高峰与社会整体创作力量相结合，改善当代中国文艺的整体水平"。③

唐宏峰还提醒我们注意媒介新变问题。她指出，"快速更新的各种互联网媒介带来自媒体、媒介融合、多屏互动、全媒体等各种新媒介环境"，这已经成为当代文艺生产的主导媒介环境。"文艺生产从创作、传播到接受的全链条都受到新媒介的巨大影响，这要求对当代文艺发展的思考必须充分考虑新媒介的作用。"更重要的是，互联网颠覆了传统意义上的艺术生产，"网络时代艺术生产的本质不仅在于艺术作品的更广泛发布，更在于生产与展示和传播的同一"。在这里，"生产—传播—消费被压缩为同一过程，具体的时空关系也被超越"。④ 此外，媒介变迁给文艺批评的影响

---

① 唐宏峰：《新机制、新媒介与当代性——对当代条件下文艺高峰建设的思考》，《文艺争鸣》2018年第6期。
② 唐宏峰：《新机制、新媒介与当代性——对当代条件下文艺高峰建设的思考》，《文艺争鸣》2018年第6期。
③ 唐宏峰：《新机制、新媒介与当代性——对当代条件下文艺高峰建设的思考》，《文艺争鸣》2018年第6期。
④ 唐宏峰：《新机制、新媒介与当代性——对当代条件下文艺高峰建设的思考》，《文艺争鸣》2018年第6期。

也非常巨大,"文艺批评呈现全媒体整合、全民性参与的新态势,其标准和风格也日趋多元"①。整体而言,媒介新变对所有的文艺形式、对全面的文艺生态发生影响。因此新时代的"文艺高峰"建设必须直面纷繁芜杂的媒介现实,而非仍然依靠传统经典杰作的标准和思路,排除媒介的大众化与市场化等。

最后,她还借用近年来许多西方理论家讨论的"当代化"问题,号召广大文艺家"以高度的敏感和深刻的体认来书写当代现实"②。为了做到这一点,艺术家需要具有"总体性"视野,不仅要把握住艺术与现实间的表层联系,而且更要揭示表象背后具有深度的本质和规律,而后,经过艺术家心灵的融化,在生动具体的形象和故事中加以表现。

亮点五:"中华民族新史诗"有破题

我们上文已经提到过,研究"中华民族新史诗"的论文比较少,但由于"文艺高峰"研究本身就内含着这一问题,加之相关文章也探讨了"中华民族新史诗"的主要问题,因而可以说这一研究已经破题。

李松睿从对史诗概念的探讨出发来展开讨论。在他看来,关于史诗的诸多论述,当以黑格尔在《美学》中的分析最具代表性,即史诗"须用一件动作(情节)的过程为对象,而这一动作在它的情境和广泛的联系上,须使人认识到它是一个与一个民族和一个时代的本身完整的世界

---

① 唐宏峰:《新机制、新媒介与当代性——对当代条件下文艺高峰建设的思考》,《文艺争鸣》2018年第6期。
② 唐宏峰:《新机制、新媒介与当代性——对当代条件下文艺高峰建设的思考》,《文艺争鸣》2018年第6期。

密切相关的意义深远的事迹。所以一种民族精神的全部世界观和客观存在，经过由它本身所对象化成的具体形象，即实际发生的事迹，就形成了正式史诗的内容和形式"①。在谈到诗人与其作品的关系时，黑格尔指出史诗作者的"自我和全民族的精神信仰整体以及客观现实情况，以及所用的想象方式，所做的事及其结果"达到一种和谐统一的状态。概言之，黑格尔认为在史诗所讲述的情节背后，"蕴含着一个民族对于其所生活的时代和环境的全部理解。而史诗作者从事的工作，就是与民族、时代及其所生活的世界融为一体，达到一种完美统一的状态。在这样的写作状态下，诗人创造的就是史诗"。②但卢卡奇等理论家在对史诗理论进行分析时指出，古希腊人的生活世界相对较小，他们的生活内容也相对简单，史诗作者能够圆满地把握这一世界，并完美地予以呈现，但现代生活范围急剧扩大，生活节奏日益加快，生活内容纷繁复杂，人与世界很难再保持和谐统一的状态，也就是说，进入现代社会，生活的总体性无可挽回地失落了，史诗成为一种难以企及的文体。但这并非意味着放弃史诗性追求，在卢卡奇看来，随着史诗的落幕，其功能由长篇小说取而代之——长篇小说即现代生活的史诗。现代作家固然已无法像古希腊诗人那样，完美地把握、再现世界的总体性，但他们将波澜壮阔的生活纳入文本的努力，使其作品可能具有史诗品格，而且可能比史诗更丰富多彩、震撼人心。

不过，在变化纷繁的当代社会书写史诗，必然面对某种悖论式的情境：一方面，我们身处的社会越来越复杂，使得文艺家很难在总体上把

---

① [德]黑格尔：《美学》(第三卷下册)，朱光潜译，商务印书馆1981年版，第107页。
② 李松睿：《新时代呼唤着中华民族的新史诗——习近平文艺思想学习心得》，《民族文学研究》2018年第2期。

握;另一方面,文艺家既然无法获得总体性,就只能勉力在追求总体性的长旅上跋涉。在这个意义上,可以说每位真正的现实主义作家都是"悲剧英雄",他们不得不在历史巨变中写出民族的自我意识,勉力把握自身所处的时代,因而史诗称号是对他们的作品最好的褒奖。

实际上,现代文艺史上,也有不少作家、艺术家完成了这一使命。其实只要回顾1949年以来的中国当代文艺史,就可以明白史诗对于民族对于国家的重要性。"中华人民共和国成立之后,中华民族的命运无疑进入了一个新的历史阶段。这样的历史时刻正呼唤着文学对中华民族的命运进行书写,思考中国社会前进的道路与方向。而那些前辈作家也回应了他们的使命,努力谱写出了新的史诗,涌现出一大批社会主义现实主义的杰作",其中的代表作当属柳青的长篇小说《创业史》。然而进入新时期之后,由于文艺思想随着社会转折而转换,"中国当代作家乐于承认生活的不可知性,不承认存在所谓历史发展的必然方向",在复杂神秘的生活面前,中国有太多的作家"放弃了寻找规律和总体性的可能",放弃了书写中华民族史诗的艺术理想。[①] 从这个层面看,"中华民族新史诗"是一个具有战略重要性的命题。

李云雷就是在这个层面上思考这一命题的,他认为"今天我们抒写中华民族新史诗,不仅要努力在中国文学的脉络中勇攀高峰,而且要有雄心将当代中国人的生活、情感与精神,凝结为具有世界意义的经典之作"[②]。因此,抒写"中华民族新史诗"要具备三个条件:首先,要具备新的历史眼光,即将生活重新"相对化"的反思眼光与能力,因为"我们只有在历

[①] 参见李松睿《新时代呼唤着中华民族的新史诗——习近平文艺思想学习心得》,《民族文学研究》2018年第2期。
[②] 李云雷:《作家有责任抒写中华民族新史诗》,《学习时报》2017年5月19日。

史脉络的细致把握中，才能够更深刻地感知和把握到'现实'"①。其次，要具备新的社会意识，即创作者要突破"自我"的藩篱，"关注他人，关注时代，关注世界，尤其要关注社会底层的生活与内心"②。再次，要具备新的世界视野，即随着中国不断进步、发展，我们"需要重建面对世界的心态，重构新的世界图景"③。

孙书文从现实主义文艺理论出发，探讨书写中华民族新史诗的必要条件。他认为首要任务是保持文艺与时代间的张力关系，只有这样，"文艺想象、艺术探索才能得以展开，文艺才会有'艺术性'"④。与此同时，要书写"中华民族新史诗"，必须坚持人民美学方向。他特意引用习近平总书记"人民不是抽象的符号，而是一个一个具体的人，有血有肉，有情感，有爱恨，有梦想，也有内心的冲突和挣扎"的论述，认为这一论述对人民的界定更宽广，体现出了新时代的建设性特点，我们关于"人民美学"的思考，必须立足于这一"人民"范畴。最后，文艺家要书写"中华民族新史诗"还必须发扬现实主义精神，敢于用朴实的方式反映生活，强力介入现实、"跳入生活"，与生活"肉搏""化合"，对生活进行典型化创造，彰扬真善美，贬斥假恶丑。结合当下文艺环境来看，这些分析无疑是到位的，有极强的现实意义。

---

① 李云雷：《作家有责任抒写中华民族新史诗》，《学习时报》2017年5月19日。
② 李云雷：《作家有责任抒写中华民族新史诗》，《学习时报》2017年5月19日。
③ 李云雷：《作家有责任抒写中华民族新史诗》，《学习时报》2017年5月19日。
④ 孙书文：《从史诗般的新时代到"中华民族新史诗"——兼论当代现实主义文艺理论中的三个问题》，《山东社会科学》2018年第8期。

遗憾与不足

尽管取得不少成绩，但毋庸讳言，研究中还存在一些遗憾与不足。

首先，文学研究多，其他研究少。实际上，我们看到的成果大都是文学研究。我们这本选集共收集了 19 篇论文，只有唐宏峰的《新机制、新媒介与当代性——对当代条件下文艺高峰建设的思考》、黄天骥的《明清戏曲高峰的启示——从汤显祖"意趣神色"论谈起》、刘佳帅的《20 世纪以来中国美术高峰的演变脉络与再塑依据》这 3 篇分别讨论了新媒体艺术、戏曲、美术领域的问题，其他各篇都是以文学为中心展开论述的，即使涉及其他艺术形式，也是一笔带过。这并非我们选稿有偏好，只选文学研究论文，而是研究状况的实际反映。客观地说以文学为中心展开讨论，可以理解。这一则是因为我们有久远的文学传统，文学在较长的历史时期发挥了重要作用，充当着我们的"公共文本"，二则是因为文学研究方面的人才相对较多，三则是文学研究具有一定的普适性，可以为其他艺术门类提供借鉴。但如果考虑到如今文学相对边缘、影响式微的现实，而影视艺术特别是新媒体艺术崛起，影响与日俱增，有可能或者已经成为当下的"公共文本"这一现实，考虑到音乐、美术、书法、戏曲等艺术形式更具民族特色，在国际交流中更易凸显中国本色，考虑到话剧等舞台艺术形式更具综合性，更适合今日文化需求等因素，这种研究中的偏颇，就不能不说是一个不大不小的遗憾了。

其次，理论分析多，创作自述少。无疑，这两个命题的主要研究者、阐发者当然是学者、是文艺理论家，因为这是他们的本职工作。但无论是"文艺高峰"，还是"中华民族新史诗"，都是实践性很强的理论命题，或者说对于如何创作"高峰"之作，如何书写"中华民族新史诗"，创作者如鱼饮水，冷暖自知，因此他们的思考或许更具启示价值，也更具有操作性。因此这一维度的缺失，也令人遗憾。

再次，谈历史现象多，谈当下问题少。在讨论这两个命题时，研究者要么从理论出发，要么从文艺史上寻找借鉴，而很少结合当下的文艺实践展开分析，无论如何这都是一个不足。因为创造"文艺高峰"和书写"中华民族新史诗"，都是现实针对性极强的命题，甚至可以说之所以提出这两个命题，就是为了解决当前文艺领域中存在的诸如缺乏优秀文艺作品、审美标准混乱等根本性问题。而且缺乏对文艺现实的分析，容易导致研究出现无的放矢，流于空泛等弊病。所以结合当下文艺实践展开讨论，应是下一步研究的一个突破口。

最后，有组织的研究质量相对较高，自发性研究质量相对较差。我们在收集资料时发现，质量较高的成果大多是课题或集体研究成果，比较突出的有：第一是中国艺术研究院组织各艺术门类学者于2019年3月6日召开"文艺高峰问题座谈会"，"从不同角度、不同专业，总结古今中外文艺发展史的经验，剖析当下文艺发展的状态，提出意见和建议"[1]。而后又组织这些学者深入研究，细化思路，撰写专题论文，并编辑出版《文艺创作"高峰"问题研讨集》，共收录13篇论文。此次我们从这个"研讨集"中选录了李修建、摩罗、鲁太光的3篇论文。第二是《人民日报》文艺版开设的"高峰之鉴"栏目，邀请国内知名学者撰写总结不同朝代、不同国家关于"文艺高峰"经验的5篇文章，自2017年11月10日至12月15日连续推出。在高校研究成果中，

---

[1] 韩子勇：《"高原"与"高峰"》，载中国艺术研究院科研管理处编《文艺创作"高峰"问题研讨集》"代序"，文化艺术出版社2019年版，第1页。

最引人注目的是王一川担任首席专家的国家社科基金艺术学重大课题"文艺发展史与文艺高峰研究",这一课题组发表了多篇质量较高的论文,除了王一川的《中外文艺高峰观及其当代启示》外,陈雪虎、刘涵之、李洋、唐宏峰的论文也都是这个课题组的成果。与这些集体研究成果相比,个体研究只能说差强人意,本次选入的文章应该说是其中质量较高,较有价值的。

上述问题说明,这两个命题还需持续研究,尤其需要自觉研究。

中华优秀传统文化创造性转化、创新性发展研究报告

金宁 李松睿

2013年11月，习近平总书记在山东曲阜考察时指出，"一个国家、一个民族的强盛，总是以文化兴盛为支撑的，中华民族伟大复兴需要以中华文化发展繁荣为条件。对历史文化特别是先人传承下来的道德规范，要坚持古为今用、推陈出新，有鉴别地加以对待，有扬弃地予以继承"，第一次明确提出要加强对中华优秀传统文化的挖掘和阐释，努力实现中华传统美德的"创造性转化、创新性发展"[①]。此后，习近平总书记又在《在十八届中央政治局第十三次集体学习时的讲话》(2014年2月24日)、《在北京大学师生座谈会上的讲话》(2014年5月2日)及《在哲学社会科学工作座谈会上的讲话》(2016年5月17日)等不同场合的多次讲话中，强调了"创造性转化、创新性发展"的重要意义。2017年1月25日，中共中央办公厅、国务院办公厅联合发布了《关于实施中华优秀传统文化传承

---

① 中共中央宣传部编：《习近平总书记系列重要讲话读本》，学习出版社、人民出版社2014年版，第97页。

发展工程的意见》，将"创造性转化、创新性发展"作为该工程实施的基本原则，并明确提出，要"坚持辩证唯物主义和历史唯物主义，秉持客观、科学、礼敬的态度，取其精华，去其糟粕，扬弃继承，转化创新，不复古泥古，不简单否定，不断赋予新的时代内涵和现代表达形式，不断补充、拓展、完善，使中华民族最基本的文化基因与当代文化相适应、与现代社会相协调"[①]。这份文件的发布，是我国政府第一次以中央文件的形式，强调和部署中华优秀传统文化的传承发展工作。

2017年10月18日，习近平总书记在十九大报告中指出，中国特色社会主义文化"源自于中华民族五千多年文明历史所孕育的中华优秀传统文化，熔铸于党领导人民在革命、建设、改革中创造的革命文化和社会主义先进文化，植根于中国特色社会主义伟大实践"[②]。也就是说，中华优秀传统文化、革命文化以及社会主义先进文化，对于中国特色社会主义文化来说是三位一体、缺一不可的。同时，十九大报告还特别强调，建设中国特色社会主义文化，"要坚持为人民服务、为社会主义服务，坚持百花齐放、百家争鸣，坚持创造性转化、创新性发展，不断铸就中华文化新辉煌"[③]，把"创造性转化、创新性发展"放在了十分重要的位置上。

习近平总书记从2013年开始对中华优秀传统文化"创造性转化、创新性发展"问题的反复强调，在社会各界，特别是哲学社会科学界乃至整个文化界引起了极为热烈的反响，在各类报刊上涌现了一大批评论文章和

---

① 《关于实施中华优秀传统文化传承发展工程的意见》，中国政府网（http://www.gov.cn/zhengce/2017-01/25/content_5163472.htm）。
② 习近平：《决胜全面建成小康社会 夺取新时代中国特色社会主义伟大胜利——在中国共产党第十九次全国代表大会上的报告》（2017年10月18日），《人民日报》2017年10月28日。
③ 习近平：《决胜全面建成小康社会 夺取新时代中国特色社会主义伟大胜利——在中国共产党第十九次全国代表大会上的报告》（2017年10月18日），《人民日报》2017年10月28日。

研究性论文，深入阐释和探讨中华优秀传统文化"创造性转化、创新性发展"的意义、内涵、路径，包括遇到的问题。根据我们通过检索"中国知网"数据库进行的统计，2013年以来，出现相关评论文章和研究性论文共1645篇，其中专门研究中华优秀传统文化"创造性转化、创新性发展"问题的论文438篇，从文化角度分析相关话题的论文538篇，从政治学角度讨论相关问题的文章248篇，从哲学角度处理相关话题的论文87篇，从历史学角度探讨相关问题的论文12篇，从文学角度分析相关话题的文章98篇，从法学角度讨论相关问题的论文11篇，从教育学角度思考相关话题的论文86篇，从美学角度论述相关问题的论文14篇，从影视、传媒等学科角度分析相关话题的文章65篇，从音乐、舞蹈、戏曲等学科角度分析相关问题的论文44篇，从设计学角度研究相关话题的论文4篇。

习近平总书记对中华优秀传统文化"创造性转化、创新性发展"问题的关注之所以能够在学术界引发如此广泛、热烈的响应，最关键的原因是这个话题抓住了事关国运兴衰、文化安全和民族精神独立性的重大问题。1840年鸦片战争以后，特别是进入20世纪以来，中国社会日益深刻地卷入国际政治经济格局之中。近代以来的中国，面对着来自欧美世界的政治、经济以及文化对传统观念的巨大冲击，已不再是"天朝上国"，外国也不再是"夷狄蛮戎"。在这种情况下，中国人用以理解世界与自我的中华传统文化面临着巨大的挑战，每个中国人都必须直面这样一些问题：传统文化是否还能成为中国人安身立命的根本？传统文化还能否适应瞬息万变的当代社会？如果传统文化需要做出改变才能适应新的时代，那么究竟哪些部分需要扬弃、改造，又有哪些部分应该继承、发扬？如果要继承和转化传统文化，那么具体的改造路径又是什么？现代化的最终结果，究竟是让中国社会成为欧美社会的翻版，还是以中华民族自身独特、昂扬的面貌屹立于世界民族之林？这一系列发问，都是中国社会在走向现代化的道路上必须加以解决的难题。纵观历史我们会看到，以林则徐、魏源、康有为、梁启超、孙中山、陈独秀、李大钊、毛泽东、邓小平为代表的一代代优秀的中国人，在探索中华民族独立富强、民族复兴的伟大道路的过程中，都在直面这些问题，并给出他们自己的答案。正是因为中华传统文化怎样转化、如何发展的问题，始终萦绕在那些为中华民族伟大复兴不断奋斗的仁人志士心头，也始终萦绕在倾力思考传统文化如何存续的优秀知识分子心间，使得习近平总书记提出通过"创造性转化、创新性发展"，让中华优秀传统文化得以在新时代焕发生机后，立刻解开了困扰人们特别是社会学科研究界和文化界多年的心结，引起了广泛持久的讨论和深入细致的阐释。

我们在梳理 2013 年以来有关中华优秀传统文化"创造性转化、创新性发展"问题的研究时发现，哲学社会科学研究界以及文化界对这一话题的讨论异常丰富，其中既有从宏观的视角思考如何转化、发展中华传统文化的整体性论述，也有从学科内部的微观视角出发，探讨如何在各自学科范围内转化、发展中华优秀传统文化的方法论研究，更有带着当代社会的问题意识，试图将中华传统文化中具有当代价值、世界意义的文化精髓提炼出来、展示出来的具体研究。由于相关研究卷帙浩繁，在单篇研究报告中很难一一呈现研究者的精彩观点，因此，我们选择从既有研究成果中提炼出文化主体性，文化转型的路径，中华传统文化、西方文化以及马克思主义之间的关系，人文社会科学领域各学科内部的方法论研究和个案研究等热点话题，一一予以分析和讨论，试图简明扼要地呈现中华优秀传统文化"创造性转化、创新性发展"研究的整体面貌，进而提炼出其中蕴涵的经验、问题和发展方向，为相关研究的进一步推进提供镜鉴。

一、文化主体性

"文化主体性"概念可以看作费孝通先生提出的"文化自觉"概念的延伸。费孝通指出:"'文化自觉'指生活在一定文化中的人对其文化有'自知之明',明白它的来历、形成过程、所具有的特色和它的发展趋向,不带任何'文化回归'或'全盘他化'。自知之明是为了加强对文化转型的自主能力,取得决定适应新环境、新时代对文化选择的自主地位。"① 在这段描述中,"文化自觉"概念包含两方面内容。首先,一个民族要充分了解自己的文化,正确把握其内在的源流、发展的轨迹、自身的特色以及未来的发展方向。如果对自己本民族的文化都完全不了解,或知之甚少,那么又何谈"文化自觉",更谈不上建立"文化主体性"。其次,"文化自觉"意味着一个民族要独立自主地把握其文化转型的方向,这里当然不排斥借鉴其他民族、其他文化的经验、教训,以及优秀的思想资源和文化产品,但绝不能简单照搬其他民族、其他文化的发展道路,而是要探索出一条适合本民族的文化转型之路。

从检索到的有关中华优秀传统文化"创造性转化、创新性发展"问题的研究来看,"文化主体性"是相关讨论的热点问题,而且学界的讨论基本上是围绕着上述两方面内容展开的。例如,很多研究者都表达了类似的看法:讨论中华优秀传统文化"创造性转化、创新性发展"问题的前提,就是"要更加精准地理解、阐释传统文化的思想精髓,不能将传统文化概念化、庸俗化、简单化,要准确地挖掘其中的丰富内涵"②。还有研究者指

---

① 费孝通:《对文化的历史性和社会性的思考》,《思想战线》2004 年第 2 期。
② 刘京臣:《"两创":弘扬中华优秀传统文化的根本遵循》,《文学遗产》2018 年第 5 期。

出,"中华民族五千年绵延不绝形成的文化是在历朝历代的继承发展中积淀下来的,在不同历史时期、不同地区都会形成不同的内容,表现出不同的特征,由此决定了中华文化的任何一个单元都是立体的、多层次的"[1]。因此,对于复杂的传统文化,必须进行严肃、认真的阐释与梳理,才能发掘出优秀传统文化的当代价值和世界意义,否则就有可能造成历史的沉渣重新浮起。一些有责任感的学者还痛心疾首地指出,"当下将《弟子规》上升到经典、国学的高度,一则是出版商的推波助澜,二则是很多受众并没有接受过正规的学术训练,对传统文化缺少必要的判断力。国内受众面对《弟子规》这样的伪经典尚且昏昏,遑论国外受众?若是入门不正、不得其法,那么受损害、受影响的只能是中华优秀传统文化。所以学者们有必要也有责任和义务廓清谬说,使民众走向上一路,直指经典"[2]。

此外,不少研究者也指出,由于中国在近现代史上长期的积贫积弱,使得很多中国人始终无法以平和、健康的心理状态直面中华传统文化,存在着文化自卑、文化焦虑以及文化自负等不健康的心态。这里所谓的"文化自卑",是指盲目崇拜来自欧美资本主义世界的文化,对中国传统文化妄自菲薄,视之如草芥,弃之如敝屣。似乎在某些人看来,只要"全盘西化",就能完全解决中国社会的各类问题,使中国走上现代化的康庄大路。所谓的"文化焦虑",是指面对近代以来欧美资本主义世界强势文化的冲击,很多人一方面对中华传统文化葆有无限的热爱和认同,另一方面又觉得来自西方的异质文化才更符合现代社会的要求,认为中华传统文化在现代社会必然走向衰落,因此陷入巨大的精神焦虑与苦闷。而所谓的"文化

---

[1] 吴增礼、王梦琪:《中华优秀传统文化创造性转化与创新性发展的维度和限度》,《湖南大学学报(社会科学版)》2020年第1期。

[2] 刘京臣:《"两创":弘扬中华优秀传统文化的根本遵循》,《文学遗产》2018年第5期。

自负",则是指无视中国近现代以来为寻求现代化所进行的探索和努力,拒绝正视西方异质文化中值得学习的优点和特长,以"文化保守主义"或"文化复古主义"的态度对中华传统文化予以过高的评价。[1] 无论是采取上述哪种态度对待中华传统文化,都不可能以从容、平和的心态,保持高度的文化自信,并根据当代中国社会的实际需要,自由地选择古今中文的文化资源,独立自主地创造出中国特色社会主义文化,更不可能让中华优秀传统文化实现"创造性转化、创新性发展"。

应该说,国内研究者纷纷从"文化自主性"的角度讨论中华优秀传统文化"创造性转化、创新性发展"问题,是切中要害的。就像只有航行在正确的航道上,劈波斩浪、历尽艰辛才有意义,才能尽快抵达目的地,只有首先弄清楚究竟什么才是中华优秀传统文化,有了对其正确的认识,然后才谈得到"创造性转化、创新性发展"。此外,"创造性转化、创新性发展"恰恰是化解文化自卑、文化焦虑以及文化自负等不健康心态的有效途径。正如习近平总书记指出的,"传统文化在其形成和发展过程中,不可避免会受到当时人们的认识水平、时代条件、社会制度的局限性的制约和影响,因而也不可避免会存在陈旧过时或已成为糟粕性的东西"[2]。因此,面对传统文化,我们必须在对其进行充分了解和认识后,依据新的时代环

---

[1] 参见关健英《旧邦新命与文化传统——兼论中国传统文化创造性转化与创新性发展》,《苏州大学学报(哲学社会科学版)》2015 年第 6 期;张圆梦《中国传统文化创造性转化和创新性发展的当下思考》,《理论月刊》2018 年第 7 期;王彬、徐国亮《"两创"方针是弘扬中华优秀传统文化的根本路径》,《红旗文稿》2018 年第 5 期;陈卫平《对文化激进主义和文化保守主义的超越》,《马克思主义研究》2019 年第 9 期;李维武《传统文化创造性转化、创新性发展的主体问题》,《河北师范大学学报(哲学社会科学版)》2020 年第 1 期。

[2] 习近平:《在纪念孔子诞辰 2565 周年国际学术研讨会暨国际儒学联合会第五届会员大会开幕会上的讲话(2014 年 9 月 24 日)》,《人民日报》2014 年 9 月 25 日。

境，结合中国共产党在革命、建设、改革过程中形成的革命文化和社会主义先进性文化，才能在通向中华民族伟大复兴的道路上对其进行"创造性转化、创新性发展"，最终形成中国特色社会主义文化。这一过程既是传统文化获得新生的过程，也是中华民族改写被压迫、被欺凌的悲惨命运，实现伟大复兴的过程，自然可以救治在西方异质文化冲击下形成的文化自卑、文化焦虑以及文化自负等不良心态。正如张岱年先生所言，"一个民族，只有产生了民族的主体意识，才能具有自觉的内在凝聚力，才能具有推动民族延续发展的内在精神动力"①。总之，众多研究者从"文化自主性"的角度切入中华优秀传统文化"创造性转化、创新性发展"问题的探讨，可以说抓住了问题的关键，得出的结论也颇为相似，事实上在学术界形成了共识。

二、文化转型的路径

《关于实施中华优秀传统文化传承发展工程的意见》提出，对待传统文化要"扬弃继承，转化创新"，使之"与当代文化相适应、与现代社会相协调"②。这里，面向"当代文化""现代社会"的"相适应"与"相协调"，正是基于发展目标的必然要求和文化转型的主基调。换句话说，优秀传统文化只有适应、协调于当代的文化需求和社会进步，才能真正深入人心，具备充沛的实践活力。从我们检索到的有关中华优秀传统文化"创造性转化、创新性发展"问题的研究来看，学术界已经对中华传统文化必

---

① 张岱年、程宜山：《中国文化精神》，北京大学出版社2015年版，第313页。
② 《关于实施中华优秀传统文化传承发展工程的意见》，中国政府网（http://www.gov.cn/zhengce/2017-01/25/content_5163472.htm）。

须进行转型形成了共识。

进一步说，一种历史悠久的文化要想始终具有勃勃生机，就必须充分了解新环境、新时代带给本民族的挑战和冲击，根据新环境、新时代的特点和要求，自主选择文化转型的方向。只有当一种文化能够回应本民族绝大多数人的根本关切，回应事关民族复兴的重大问题的时候，这种文化才是活生生的、具备感召力和凝聚力的文化。因此，相关研究的另一个热点话题，就是探索中华传统文化转型的具体路径。

根据我们对相关研究成果的梳理，就中华传统文化转型的具体实践路径而言，主要有以下几种观点。

第一，有些学者认为，在当代中国马克思主义的伟大实践中，中国共产党人不断"吸纳并超越中国传统文化精华"，最终，传统文化中那些"具有现代价值，符合人民大众的愿望，切合人民大众的需要，因而，对民众具有强大的感召力"[1]的组成部分，将融入中国化的马克思主义，这是一条中华传统文化向现代转型的可行性路径，也是一条被历史证明行之有效、正在被中国共产党人践行的道路。

第二，还有些研究者认为，中华优秀传统文化的"创造性转化、创新性发展"，其转化的主体是社会主义核心价值观。"创造性转化是一种活生生的主客双向生成系统，而非僵死的主客二元对峙。作为转化主体的核心价值观，既要发挥对传统文化的主动能动作用，又要把传统文化作为自身土壤和源泉，从中吸收精华养分。"[2]也就是说，是社会主义核心价值观对中华优秀传统文化进行"创造性转化、创新性发展"，从而激发出传统的

---

[1] 徐剑雄：《论传统文化与马克思主义大众化》，《马克思主义与现实》2009年第6期。
[2] 郗戈、张梧：《弘扬核心价值观要实现传统文化创造性转化》，《光明日报》2015年2月26日。

当代价值和世界意义。

第三，有些学者从具体的操作层面，希望从赋予新义（"对有些传统文化范畴，剔除其糟粕成分，保留其基本精神，并赋予新的时代内涵"）、改造形式（"对有些传统文化范畴，改造旧的形式，赋予其现代表达形式"）、增补充实（"对有些传统价值范畴，借鉴和吸收其他文化的有益成分，补充其内涵"）、拓展延展（"对有些传统文化范畴，根据时代的发展进步，挖掘其当代价值，拓展其内涵"）以及规范完善（"对有些传统文化范畴，根据时代的新要求，不断规范、完善其内容"）[①]五个方面，探索中华优秀传统文化的"创造性转化、创新性发展"的具体实施路径。这可以说是一种非常全面的对文化转型路径的思考，五个方面或有交叉融合，但总体来说，目前学界对中华优秀传统文化的改造和提炼基本上很难超出上述实施路径。

从以上梳理我们可以看出，无论是在中国共产党人的实践中"创造性转化、创新性发展"传统文化，还是以社会主义核心价值观激发传统文化的当代价值，抑或是从五种具体的实施路径转化和发展中华优秀传统文化，所有这些方案都表明，中国学界已经对文化转型的路径有了全方位的思考，为日后真正推进在具体学科展开相关研究并作用于实践，打下了极为坚实的基础。

---

① 李军：《坚持"创造性转化、创新性发展"方针 弘扬中华传统文化——认真学习习近平同志在纪念孔子诞辰 2565 周年国际学术研讨会上的重要讲话精神》，《光明日报》2014 年 10 月 10 日。

三、中华传统文化、西方文化及马克思主义之间的关系

中华优秀传统文化"创造性转化、创新性发展"问题研究的另一个热点话题,是中华传统文化、西方文化及马克思主义之间的关系,以及三者在中华传统文化现代转型过程中的地位和作用。这个话题是每一个认真思考中华优秀传统文化"创造性转化、创新性发展"问题的人都必须直面的。毕竟,中国特色社会主义文化要想具备蓬勃的生命力,就必须接地气,从本民族深厚的历史文化传统中吸纳养分。欧美资本主义国家的"强势文化"目前在国际社会还有着极为广泛的影响,它在现代化过程中的经验、教训以及对中国社会的巨大冲击,也是在建设中国特色社会主义文化过程中所无法回避的,必须认真清醒地加以对待,对其进行批判性的吸收和继承。而马克思主义更是在中国革命和社会主义建设中,被实践证明是行之有效地解决中国问题的方法,也必将在中华传统文化现代转型过程中发挥关键性作用。因此,对于中国文化发展来说,如果不认真处理中华传统文化、西方文化及马克思主义之间的关系,就只能得出抽象、空洞的结论。

从相关研究来看,学术界对于中华传统文化、西方文化及马克思主义是否应该融合在一起,以及最终能否融合在一起,已经达成了高度的共识[1],几乎没有太大的争论,问题只是三者在融合过程中的相互关系,以及它们各自发挥的作用,不同研究者有着不同的看法。一种有代表性的观点是,强调复兴中华优秀传统文化,强调融合吸收中华传统文化、马克思

---

[1] 参见苏碧莲《中国特色社会主义与中国文化——孙正聿、陈来、韩震先生中西马高端对话》,载《北大中国文化研究》总第三辑,社会科学文献出版社 2013 年版。

主义及西方文化的精华,并不意味着三者是完全平等的,必须始终坚持马克思主义历史唯物主义在建设中国特色社会文化过程中的指导地位。有研究者就认为,"以马克思主义为指导,立足当代,背靠传统,面向世界和未来,这就是运用历史唯物主义观点考察当代中国文化建设中如何处理马克思主义与传统文化关系得出的重要结论"[①]。

学术界还有一种有代表性的看法,就是更强调中国传统文化的重要性,认为在中华传统文化、西方文化及马克思主义相互融合的过程中,来自中国本土的文化传统应该发挥更大的作用。例如,有些学者一方面承认"当代马克思主义与以儒家为代表的中国文化,以政治自由主义为代表的西方文化的融合"是历史的必然趋势,"在经济全球化、多重价值观并存的时代,马克思主义、儒学与自由主义有内在的紧张,但三者在中国现代化过程中的结盟已是客观之大势";另一方面则认为,儒家思想将在融合过程中发挥更大的作用,因为"随着社会空间的进一步扩大,'大社会'的进一步形成,儒家思想对当代社会的作用空间及对当代社会的良性影响也会愈加显豁。在经济与社会发展、政治与社会改革、民族主体性的国民价值系统的建构等向度上,儒家的积极作用会更大一些"[②]。

另一种有代表性的观点,则是提出要以"马学为魂""中学为体""西学为用"这三个原则,处理中华传统文化、西方文化及马克思主义在建设中国特色社会主义文化事业中的关系。例如,有研究者认为,"中国文化发展的现实道路就是中国特色社会主义文化的建设和发展之路。它的实质内容就是要解决中、西、马三种文化传统、三大文化思潮的关系问题",

---

① 陈先达:《当代中国文化研究中的一个重大问题》,《中国人民大学学报》2009年第6期。
② 郭齐勇:《儒学与马克思主义中国化及中国现代化》,《马克思主义与现实》2009年第6期。

而处理这一问题的原则，就是所谓"马学为魂""中学为体"，以及"西学为用"。所谓"马学为魂"，是指"以马克思主义的科学世界观和方法论为指导，坚持中国新文化建设的社会主义方向"；所谓"中学为体"，是指"以有着数千年历史积淀的自强不息、变化日新、厚德载物、有容乃大的中国文化为运作主体、生命主体、创造主体和接受主体，坚持民族文化主体性的原则"；所谓"西学为用"，是指"以西方文化和其他民族文化中一切对主体文化有学习、借鉴价值的东西为'他山之石'，为我所用，坚持对外开放的方针"。[①]

在我们看来，学术界对中华传统文化、西方文化及马克思主义在建设中国特色社会主义文化过程中的关系的思考已经非常深入，提供了非常多有价值的观点，论述也相当周全。不过，考虑到中国特色社会主义实践本身就是立足于中国的传统与当代现实，在建设中国特色社会主义文化的过程中，似乎不必像有些学者那样，过分强调复兴儒家文化。正如习近平总书记在十九大报告中指出的，"当代中国共产党人和中国人民应该而且一定能够担负起新的文化使命，在实践创造中进行文化创造，在历史进步中实现文化进步"[②]。这也就是说，马克思主义在当代中国社会的实践创造自然会根据实际需要自主地选择需要的文化资源，创造出中国特色社会主义文化，中华传统文化、西方文化及马克思主义三者之间的关系，必然是以马克思主义为指导的。

[①] 方克立：《"马魂、中体、西用"：中国文化发展的现实道路》，《北京大学学报（哲学社会科学版）》2010 年第 4 期。
[②] 习近平：《决胜全面建成小康社会 夺取新时代中国特色社会主义伟大胜利——在中国共产党第十九次全国代表大会上的报告》(2017 年 10 月 18 日)，《人民日报》2017 年 10 月 28 日。

四、寻求学科发展的方法论探索

中华优秀传统文化"创造性转化、创新性发展"在中国当代学术界不仅引发了研究者对文化自主性，文化转型的路径，中华传统文化、西方文化及马克思主义之间的关系等宏观问题的持续关注，而且，在人文社会科学领域各个学科内部也引起了极为热烈的讨论。很多学者都带着使中国传统文化得以"创造性转化、创新性发展"的强烈问题意识，考察本学科发展的历史过程，反思学科内部沿用至今的研究方法，探索符合学科发展内在规律、有利于重新激活传统文化的研究方法。

在历史学领域，有研究者在反思中国近代历史观之后，发现了近现代历史书写方法中存在的"有"与"无"的辩证。这位研究者认为，晚清时代的中国历史学者在本民族积贫积弱的语境下，受到西方史学思想的强烈冲击，如梁启超甚至认为，中国这样具有悠久历史书写传统的国家没有历史，即所谓"中国前者未尝有史，殆非为过"[1]。正是因为认为中国没有历史，使得近现代的历史学家纷纷按照来自西方的历史观念、历史叙述框架重新叙述中国的历史，出现了大量带有"目的论"色彩和西方编纂体例的历史学著作。然而，"史学观念以及编纂体例的'趋新'，未必能完全反映历史进程本身，仅仅展示与此相关的'有'，很容易遮蔽'无'所昭示的另外的'有'"[2]。很多中国社会异常丰富的历史事实，因为无法写入西方史观影响下的历史叙述，成了"无"，但这种"无"其实包含着丰富的"有"。中国的历史学研究者必须突破以往研究方法的惯性，将中国传统中

---

[1] 梁启超:《中国史叙论》,《清议报》第 91 册,1901 年 9 月 13 日。
[2] 章清:《"有""无"之辨:重建近代中国历史叙述管窥》,《近代史研究》2019 年第 6 期。

被视为"无"的"有"发掘出来。因此,"结合'有'与'无'审视近代中国的历史,尤其是展示以往被视作'无'的那些信息,对于增进对近代中国历史的认知,无疑是大有裨益的。做出'无'的判定,也有助于提升史家对另一部分'有'的重视。重点在于,历史叙述同样可以选择'有',舍弃的是更为重要的'无'。而对于'无'的重视,不仅可以突破'有'的樊笼,也有裨于揭示'无'中之'有'"[1]。在某种意义上,当下中国人对本民族传统文化的理解,深受来自西方的认识论框架的影响,其中同样存在着"有"与"无"的辩证,这样的历史学研究在方法论上的探索,可以帮助学界打捞那些以往被遮蔽的传统,重新激活其当代意义。

在文艺理论研究领域,有研究者在考察了20世纪80年代以来中国文论的历史后指出,存在一个从"跟着说"到"对着说",再到"自己说"的发展过程。这里所谓"跟着说",是指借用来自欧美资本主义国家的理论资源从事研究。这样的研究方式虽然从表面来看,揭示了中国研究者"努力融入和占据世界主流学术的渴望",但毕竟"缺少自己的独创性,落实在具体的理论阐释当中,实质上往往是费尽千辛万苦去证明别人观点的正确"[2]。我们虽然不能指责这样的研究思路缺乏文化自信,但丧失民族文化主体性的状况还是多少令人感到有些遗憾。而所谓"对着说",是指研究者以文化对抗的心态对来自西方的理论资源进行批判。这背后既有中国文论因自身处于理论边缘位置而产生的文化焦虑和愤懑,也表明中国当代文艺理论研究者在理论逐渐成熟后已获得了相应的文化自信。而所谓"自己说",则是指"在融合前两个阶段的思想资源之后,通过自我发展与自

---

[1] 章清:《"有""无"之辨:重建近代中国历史叙述管窥》,《近代史研究》2019年第6期。
[2] 张福贵:《新时代中国文论建构的历史演进与价值取向》,《文学评论》2019年第6期。

我创造，形成既具有文化特殊性又有普遍性的文论系统"①。在这一阶段，中国文艺理论界终于可以在自身的文化立场上，根据本民族的问题意识，独自寻找方法和思路处理理论问题。这位研究者还进一步指出，中国文论研究的发展方向，更应该由"自己说"出发，向着"一起说"的目标前进。所谓"一起说"，是指中国学术界不仅要探讨本民族关心的话题，更要阐发自身的历史文化传统，使其为全世界贡献独特的智慧。②这样的研究不仅是对 20 世纪 80 年代以来中国文艺理论界发展历程的梳理，也对其未来的发展提出了更高的要求。同时，这种要求中国文论研究不仅应该关心本民族文化传统的问题，同时要为整个人类贡献中华民族独特的智慧和力量的思路，对学术界其他学科的发展同样适用，是整个中国人文社会科学发扬光大的必由之路，极具前瞻性和指导性。

在中国现当代文学研究领域，有研究者在考察中国现当代小说、散文、诗歌等各文体创作及相关研究后指出，中国现当代文学研究者长期在中西维度上思考问题，把过多的精力放在辨析来自欧美资本主义强国的文化产品上，如何冲击中国传统的小说、散文、诗歌，使后者在 20 世纪初艰难地开启了持续百年、尚未完成的现代化转型之路。但他们恰恰忽略了"从古今维度探究中国古代文学传统在这场百年中国文学现代转型中所发生的潜在影响"③。事实上，中国现当代作家始终在学习和借鉴古典文学传统，使其在对当代中国的现实表达中重新焕发生机和活力。正如有研究者所指出的，"现代中国小说在第一个三十年里主要致力于对中国古代文学

---

① 张福贵：《新时代中国文论建构的历史演进与价值取向》，《文学评论》2019 年第 6 期。
② 参见张福贵《新时代中国文论建构的历史演进与价值取向》，《文学评论》2019 年第 6 期。
③ 李遇春：《中国文学传统的创造性转化——重建现代中国文学研究的古今维度》，《天津社会科学》2016 年第 1 期。

的抒情传统或言志传统以及中国文言小说或文人小说传统的创造性转化，及至第二个三十年转而主要致力于对中国古代文学的载道传统和中国古代白话通俗小说传统的创造性转化……在20世纪80年代主要致力于中国古代文言短篇小说传统的创造性转化，90年代以后则集中出现了转向明清文人世情写实长篇小说传统的倾向"[1]。这样的研究勾勒了中国现当代文学发展历程中被很多人忽略的线索，将现当代作家"创造性转化、创新性发展"中国传统文学的努力揭示出来，在研究视野和研究方法上为以后的研究者打开了新的空间，对学科发展做出了重要贡献。

我们认为，这类有关学科内部研究方法的探究有着非常重要的意义，因为中华优秀传统文化"创造性转化、创新性发展"要想真正有所成就，必须落实到人文社会科学各个领域。而对研究方法的反思与探索，恰恰可以帮助研究者认识到那些已经成为权威或思维定式的研究方法存在的问题，注意到这些研究方法对来自西方的思想资源的过分倚重，以及背后存在的对本民族文化的不自信，进而用新的研究方法，寻找传统文化在当代社会的自然延伸，并激活那些在今天仍然对建设中国特色社会主义文化大有裨益的传统文化资源。

五、在具体研究中激活传统、锻造新知

2013年以来，中国学术界对中华优秀传统文化"创造性转化、创新性发展"问题的研究，既在文化主体性、文化转型路径等宏观问题上产生

---

[1] 李遇春：《中国文学传统的创造性转化——重建现代中国文学研究的古今维度》，《天津社会科学》2016年第1期。

了重要的研究成果，在各学科内部的方法论反思与创新方面也取得了重大突破。所有这一切，都为研究者在具体的学术工作中重新激活中华民族悠久、深厚的历史文化传统奠定了坚实的基础。因此，人文社会科学界各个学科这些年都涌现了一大批以马克思主义为指导，坚守中华文化立场，立足当代中国现实，致力发掘中华优秀传统文化的当代价值与世界意义的优秀成果。由于这类研究成果丰硕，很难在这里一一加以介绍、提炼，下面仅从若干学科中选择一些代表性成果加以介绍，从中我们亦不难看出这类研究推动中华优秀传统文化"创造性转化、创新性发展"的深度与广度。

在哲学研究领域，清华大学哲学系陈来教授的论文《论中华民族爱国主义的精神》，在中华民族悠久的历史传统中，寻找"爱国主义"这样一个产生自近现代中国的概念的文化渊源。文章认为，"中华民族的爱国主义精神源远流长，内容十分丰富"，其发展历程经历了先秦、汉至唐、宋，再至清、晚清近代，以及"中国共产党独立登上历史舞台并成为各族人民的领导力量之后"[1]等几个阶段。在每个时期，爱国主义的具体内容、表现形式及涵盖人群等都会根据当时的社会历史条件而有所变化。不过总体而言，中华民族爱国主义精神有这样几个特点：维护统一、反抗外侮、忧国忧民、守护中华文化等。陈来最后得出结论："爱国主义是鼓舞中华民族团结一致的奋斗旗帜，是推动中华民族历史前进的强大力量；爱国主义是中华民族最深厚的民族感情，也是中华文化的基本价值。在价值核心上，它体现了国家利益高于个人、族群利益的价值选择，要求个人把国家或中华民族的利益放在首要地位，从而有利于建立起个人对国家民族的责任感、使命感、忠诚与承诺。爱国主义在表现对象上，包括对祖国山川风

---

[1] 陈来：《论中华民族爱国主义的精神》，《哲学研究》2019年第10期。

物、人民同胞、历史文化、国家政权的热爱和理性认同；爱国主义在个体内心体现为民族自尊心、民族自信心、民族自豪感和民族感情；在行为上则体现在促进统一、保卫国家、报效国家、振兴祖国的忘我奉献与奋斗。中华民族悠久历史中的爱国主义精神传统是当代社会主义核心价值的源泉和基础。"① 对爱国主义这样一个在近现代中华民族抵御外侮的过程中产生的概念，梳理其历史文化渊源，一方面是将中华民族在近现代的历史实践续接到文化传统上去，另一方面也是用当代意识重新激活埋藏在历史尘埃之下的传统。从这个角度看，陈来的这篇论文是中华优秀传统文化"创造性转化、创新性发展"问题在具体概念史梳理上的一个典范。

在中国文学研究中，华南师范大学文学院蒋寅教授的论文《在中国发现批评史——清代诗学研究与中国文学理论、批评传统的再认识》，提出要重新认识中国文学理论、批评的传统。蒋寅认为，中国学界受到西方文艺理论的深刻影响，使得在考察中国传统文论时，往往在中西比较的逻辑下，认为中国文学批评是感悟式、印象式的，没有成系统的理论著作，缺少真正科学意义上的理论范畴，没有严格意义上的理论命题。而实际上，如果考察常常被学界忽视的明清两代的诗学文献，人们会发现当时的诗学理论和诗学批评已经显示出"学理化的自觉"和"实践的理论化"，"对中国古代缺乏成系统著作的遗憾，纯粹缘于对中国文学理论、批评文体形态及言说方式多样化的漠视"②。这篇论文还从解构对中国古代文学理论、文学批评的三个偏见出发，进一步思考了如何确立中国文论的理论根基、言说立场及理论自信，从而形成与当代西方文学理论彼此印证、互补的关

---

① 陈来：《论中华民族爱国主义的精神》，《哲学研究》2019年第10期。
② 蒋寅：《在中国发现批评史——清代诗学研究与中国文学理论、批评传统的再认识》，《文艺研究》2017年第10期。

系。蒋寅认为，理论创新不能从既有理论的组合或融合中实现，旧知识的融合仍然是旧知识。"文学理论的创新只能萌生在文学经验的土壤中，只有创作经验的总结和抽象才可能形成理论的结晶……全面认识古代文学理论和批评的传统，理解古代文学理论与创作、批评实践的互动关系，可以促使我们正视近代以来的文学经验，在古今、中外视阈的融合中发掘具有独特意义和规律性的问题，从中提炼有概括力的理论命题。这样，文学理论的创新便不难期待了。"[①] 这样的研究通过发掘此前不为学界关注的传统，重塑了中国传统诗学的形象，并就如何站在本民族文化立场与西方理论对话，通过"创造性转化、创新性发展"传统文化，实现理论创新做出了有益的探索。

六、结语

自 2013 年起，从习近平总书记发表一系列有关中华优秀传统文化"创造性转化、创新性发展"问题的讲话以来，中国学术界对这一话题进行了深入而富有成效的探讨和研究。正像上文所分析的，在文化自主性、文化转型的路径，中华传统文化、西方文化与马克思主义之间的关系，以及各学科内部的方法论研究和具体研究等方面，都产生了一大批高水平的研究成果，极大地推进了我们对中华传统文化的认识，并在中华民族伟大复兴的当代语境下开掘了传统文化的当代价值和世界意义。但同时我们也要看到，一小部分研究成果还存在着简单表态或用"创造性转化、创新性

---

① 蒋寅：《在中国发现批评史——清代诗学研究与中国文学理论、批评传统的再认识》，《文艺研究》2017 年第 10 期。

发展"概念包装陈旧的研究思路的问题，亟待学界认真加以解决。不过，重新激活有着异常丰富内涵的中华传统文化，用"创造性转化、创新性发展"赋予其在当代中国社会蓬勃的生命力，这项工作注定是艰难的。我们应该有足够的耐心，期待人文社会科学界深化吸收习近平总书记有关中国传统文化的重要思想，在具体的研究实践中提升科研水平，扩展研究视野，创造出更多以马克思主义为指导，坚守中华文化立场，立足当代中国现实，发掘中华优秀传统文化的当代价值与世界意义的优秀成果。我们认为，相对于探讨传统文化的现代转型等宏观问题，或许更值得学术界聚焦的是有关具体学术问题的个案研究。说到底，只有靠学术界深入探究中华传统文化中的具体概念、命题、思想，细致考察其历史流变、内容特色及当代价值，才能将推动中华优秀传统文化的"创造性转化、创新性发展"真正予以落实。只有涌现出越来越多具有较高学术价值的个案研究，才能在整个研究界形成"共振"，催生新的理论视阈和研究方法，挖掘传统文化蕴涵的丰富智慧，增强中华民族的文化自信，创造中华文明新的辉煌，为世界范围各民族文化的繁荣、发展做出自己的贡献。

中国文化遗产保护研究报告

李彦平

  文化遗产和非物质文化遗产的概念是联合国教科文组织在《保护世界文化和自然遗产公约》(1972)和《保护非物质文化遗产公约》(2003)中正式提出的,两者关系十分密切,以物质和非物质两种形态共同构成人类文化遗产。进入21世纪,我国经济发展蒸蒸日上,物质生活水平不断提高,民众对精神文化的需求日益增长,随着文化遗产保护工作的不断推进和深入,中国完成了从探索性的初步参与到取得丰富经验成果的过程。

  党的十八大以来,党和国家高度重视文化遗产保护工作,习近平总书记多次前往文化遗产积淀深厚的省份开展考察调研并就文化遗产保护作出重要指示批示,党的十九大将"加强文物保护利用和文化遗产保护传承"作为坚定文化自信的一个部分写进报告中,文化遗产保护与传承作为党和国家的重要战略成为增强中华文化的创造力与凝聚力、推动当代中国文化大发展大繁荣的重要内容。截至2021年7月,我国世界遗产总数达到56项,入选"联合国教科文组织非物质文化遗产名录(名册)"项目42项,两者数量均居世界第一,文化遗产和非物质文化遗产保护的概念深入人心,在保护、管理、监测、展示等方面积累了令人瞩目的中国经验,相关的学术研究伴随着中国经验的积累更是收获了丰硕的成果。在中国知网以"文化遗产"为主题在总库进行搜索，可查到 1990 年至今的 171741 条结果，涉及学术期刊、学位论文、学术辑刊、特色会议、报纸、图书、标准等。[①] 梳理进入 21 世纪以来的研究成果可以发现，既有立足本国放眼世界全景扫描式的探究文化遗产保护理念、制度、法规等的宏观论述，也有从学科内部和我国遗产保护实践出发细部观照式的思考文化遗产保护的方法、模式、路径等的微观分析。本文选择其中有代表性的成果，概论基本内容，考察热点难点，提炼论述精髓，思考发展趋势，简明扼要地勾勒出我国文化遗产保护与利用相关研究的整体面貌，推动下一阶段文化遗产保护学术研究和实践工作的开展。

一、参考借鉴：文化遗产保护多维视野

连绵不断的 5000 年中华文明造就了数量巨大、种类丰富、分布广泛、特征鲜明的文化遗产，各类不可移动文物、可移动文物、非物质文化遗产见证了中华民族悠久丰富的历史和文化。与欧美等国相比，我国文化遗产研究起步较晚，在遗产保护理念、法律法规、管理机构、人才培养等方面尚有一定的差距。文化遗产的科学保护与合理利用是一项国际性课题，尽管世界各国历史背景、文化传统和文物多寡不同，但社会发展和文化遗产保护之间的矛盾是世界各国面临的共性问题。因此，国外文化遗产保护经验及教训的分析归纳对我国文化遗产保护事业的发展具有重要的参考价值和借鉴意义。

---

① 统计时间为 2021 年 8 月 23 日 11 时，统计结果来源于中国知网。

诸多学者紧跟国际学术研究动态，广泛关注世界各国文化遗产保护实践，及时引入国外新理念、新方法、新经验，立足我国文化遗产保护理论研究和实践工作现状，结合实际困难和障碍提出启示和建议，多维视野推进我国文化遗产保护。陈淳、顾伊在《文化遗产保护的国际视野》一文中结合日本、美国、丹麦等国解决文化遗产保护中普遍存在的发展和保护的矛盾、保护和研究的关系以及立法、操作和公众教育等问题中获得的成功经验，认为健全法制和加强公众教育是完善我国文化遗产保护工作的关键。[①] 邵甬、阮仪三在《关于历史文化遗产保护的法制建设——法国历史文化遗产保护制度发展的启示》一文中介绍法国文化遗产保护制度形成中概念的不断扩充与法律颁布实施之间的紧密关系，认为在文化遗产保护内容上应当是遗产保护与环境保护并重，保护方法上应当是专业保护与综合保护相结合，保护目标应当注重历史留存和价值重现。[②] 朱琰、吴文卓在《国外文化遗产基金制度及其借鉴》一文中提出在社会力量引入文化遗产保护方面我国可以借鉴西方发达国家基本完善的文化遗产基金制度或与文物保护相关的艺术基金制度，通过对英、美等国家基金会资金收入、投资战略、监督管理制度的介绍，指出我国文化遗产基金制度可以从制定管理制度以争取多渠道吸引资金、提升发展战略谋求多元化运营模式、完善监督保障确定多层次监督环节三个方面借鉴国外相关经验。[③] 另有不少学者对国外文化遗产的选择标准、法律保障、管理体系、保护规划、监管机制、遗产维护与信息化、档案数据库建设等内容进行了介绍、归纳和

---

① 参见陈淳、顾伊《文化遗产保护的国际视野》，《复旦学报（社会科学版）》2003 年第 4 期。
② 参见邵甬、阮仪三《关于历史文化遗产保护的法制建设——法国历史文化遗产保护制度发展的启示》，《城市规划汇刊》2002 年第 3 期。
③ 参见朱琰、吴文卓《国外文化遗产基金制度及其借鉴》，《东南文化》2016 年第 4 期。

剖析。

随着对遗产认识的不断深入，在文化遗产和自然遗产之外，联合国教科文组织又先后提出了文化和自然双重遗产、文化景观遗产、线性文化遗产、水下文化遗产、农业文化遗产、非物质文化遗产的概念，文化遗产保护的范围逐渐扩大，内涵不断深化，在文化遗产保护共性的基础上不同类型遗产的保护呈现各自特征。

线性遗产概念由文化线路衍生并拓展而来，近年来，随着丝绸之路、茶马古道尤其是中国大运河"申遗"工作的逐步推进，我国对国外"遗产运河"类及其他线性遗产的保护与管理经验借鉴较多。刘庆余回顾了线性文化遗产研究与申遗的发展历程研究，结合英国、法国、日本、加拿大等国的线性文化遗产保护与利用经验，提出我国应该构建分工明确、责权统一的遗产管理体制，编制科学严谨、注重评议和公示的遗产保护与管理规划，构建遗产利益相关群体合作与参与机制、确保遗产资源的公益性，构筑完善的遗产法规体系等措施来实现有效保护和合理利用。①

2002年，联合国粮农组织（FAO）提出了动态保护"全球重要农业文化遗产"（GIAHS）的概念，世界农业重要发源地中国、日本和韩国现已成为"全球重要农业文化遗产"的主要分布区。吴合显和李玮梳理了联合国教科文组织提出农业文化遗产的社会背景及概念、意义，选取学者们对智利、韩国、英国、澳大利亚等国的农业文化遗产保护研究成果，结合我国"重要农业文化遗产"的申报、保护和利用工作现状及面临的困难和障碍，提出四个"重新"，即重新界定申报范围、重新界定申报条件、重

---

① 参见刘庆余《国外线性文化遗产保护与利用经验借鉴》，《东南文化》2013年第2期。

新界定所有权、重新界定系统要素并提供有效服务。[1]

非物质文化遗产国际经验的引入以 2001 年我国昆曲被联合国教科文组织列入"人类口头和非物质遗产代表作名录"和 2004 年我国加入《保护非物质文化遗产公约》成为缔约国之一为契机，迎来了国际经验借鉴和交流的高潮。廖明君[2]、高寿福[3]、刘晨[4]、赵滟[5]、葛建伟[6]、刘潇宇[7]、郑燕[8]等介绍了新加坡、英国、韩国、日本等国家非物质文化遗产保护与实践的经验，内容涉及管理措施、法律制度、品牌建设、档案保护与开发、保护经验等诸多方面，相关经验的介绍和教训的剖析归纳为我国文化遗产保护利用提供了有益借鉴和参考，引导我国文化遗产保护工作健康、规范、持续性发展。

二、文化强国：文化遗产保护鲜明特色

文化遗产保护的重要性和重要意义为世界各国所认可，但没有任何一个国家能像中国一样将文化遗产保护提升到国家战略的高度。党的十八大

---

[1] 参见吴合显、李玮《借鉴与启示：国外重要农业文化遗产研究再认识》，《原生态民族文化学刊》2020 年第 4 期。
[2] 参见廖明君、周星《非物质文化遗产保护的日本经验》，《民族艺术》2007 年第 1 期。
[3] 参见高寿福《韩国非物质文化遗产保护工作经验之我鉴》，《延边党校学报》2008 年第 2 期。
[4] 参见刘晨《新加坡非物质文化遗产保护的经验与启示》，《新丝路学刊》2019 年第 4 期。
[5] 参见赵滟《新加坡非物质文化遗产档案保护与开发的经验与启示》，《秘书之友》2020 年第 4 期。
[6] 参见葛建伟《英国历史文化环境保护对我国非遗传承的启示》，《重庆电子工程职业学院学报》2020 年第 4 期。
[7] 参见刘潇宇《论日本非遗传承团体的法律制度及对我国的启示》，《湖南人文科技学院学报》2020 年第 3 期。
[8] 参见郑燕、蔡艺《韩国体育非物质文化遗产保护现状、经验及启示》，《体育文化导刊》2020 年第 4 期。

以来，以习近平同志为核心的党中央高度重视文化遗产工作，习近平总书记从提升国家文化软实力、建设社会主义文化强国的战略高度，在国内外不同场合就文化遗产的保护和传承发表了一系列重要论述，深刻阐述了文化遗产的历史地位和时代价值，是新时代中国文化遗产保护最鲜明的特色。"要系统梳理传统文化资源，让收藏在禁宫里的文物、陈列在广阔大地上的遗产、书写在古籍里的文字都活起来。"① "历史文化是城市的灵魂，要像爱惜自己的生命一样保护好城市历史文化遗产。"② "一个博物院就是一所大学校。要把凝结着中华民族传统文化的文物保护好、管理好，同时加强研究和利用，让历史说话，让文物说话，在传承祖先的成就和光荣、增强民族自尊和自信的同时，谨记历史的挫折和教训，少走弯路、更好前进。"③ 习近平总书记关于文化遗产保护与传承的重要论述内容丰富、富含哲理，具有广泛的理论意义和深远的实践意义。

马克思主义文化观是习近平总书记关于文化遗产和非物质文化遗产重要论述的理论先导，是学者们的普遍共识，在此基础上，围绕习近平总书记的文化遗产足迹和文化遗产观，学者们和相关工作者们结合学术研究和工作实际进行了整理解读和深入阐释。习近平在正定、厦门、宁德、福州、杭州、上海、北京等地工作时一直重视文化遗产保护工作。在正定，习近平为正定的改革与发展做了大量开创性的工作，保护文物古迹、挂牌古树名木、保护革命遗址、建立爱国主义基地、挖掘历史文化、实施旅游

---

① 习近平：《建设社会主义文化强国　着力提高国家文化软实力》(2013年12月30日)，《人民日报》2014年1月1日。
② 《习近平在北京考察　就建设首善之区提五点要求》，新华网（http://www.xinhuanet.com/politics/2014-02/26/c_119519301.htm）。
③ 《"一个博物院就是一所大学校"工作推进会在西安博物院召开》，光明网（https://m.gmw.cn/baijia/2018-03/21/28053349.html）。

兴县等工作实践，为保护古城的"根"与"魂"倾注了深厚的情感、付出了极大的心血。①在福州，习近平创新文保制度，注重福州遗产保护，正如习近平为《福州古厝》一书所作的序中说的那样，"我曾有幸主持过福州这座美丽古城的工作，曾为保护名城做了一些工作，保护了一批名人故居、传统街区，加强了文物管理机构，增加文物保护的财政投入。衷心希望我的后任和全省各个历史文化名城的领导者比我做得更好一些"②。在敦煌，习近平总书记指出，研究和弘扬敦煌文化，既要深入挖掘敦煌文化和历史遗存背后蕴含的哲学思想、人文精神、价值理念、道德规范等，推动中华优秀传统文化创造性转化、创新性发展，更要揭示蕴含其中的中华民族的文化精神、文化胸怀和文化自信。③习近平总书记在敦煌研究院座谈时的讲话中提出了一系列新思想、新观点、新要求，立足敦煌面向全国，不仅为敦煌文化的保护传承、研究弘扬提供了遵循，而且为新时代我国文物事业的改革发展指明了方向④，习近平围绕敦煌历史文化遗产阐发的做好文物保护、弘扬民族精神、为实现民族复兴凝聚力量的论述，也启发学者们对敦煌历史文化呈现的中华民族包容精神进行深度发掘和弘扬⑤。

习近平文化遗产观博大精深、内涵丰富，其核心要义是让文化遗产活起来。《习近平文化遗产观及其时代价值》一文中指出这一要义不仅科学

---

① 参见王柠《保护古城文物瑰宝 传承正定历史文化——习近平在正定的文化遗产保护工作纪实》，《美术研究》2020年第2期。
② 参见余池明《习近平文化遗产保护思想及其指导意义述论》，《中国名城》2018年第4期。
③ 参见樊锦诗《保护传承敦煌文化 增强中华文化自信》，《求是》2020年第4期。
④ 参见刘爱河《努力提升文物保护利用的专业化、科技化水平——深入学习贯彻习近平在敦煌研究院座谈时的讲话精神》，《中国文物科学研究》2020年第2期。
⑤ 参见马德《论敦煌历史文化的包容精神——对习近平总书记考察敦煌等地讲话的一点认识》，《世界宗教文化》2019年第6期。

阐明了保护传承文化遗产与推广优秀传统文化、展示中华文化独特魅力、提高国家文化实力的内在逻辑关系，而且点明了文化遗产作为传统文化资源的重要地位，指出了保护传承文化遗产的有效途径。① 努力走出一条符合国情的文物保护利用之路是习近平总书记关于我国文物保护利用的工作指南，《努力走出一条符合国情的文物保护利用之路——习近平总书记文化遗产观研究》一文认为这条道路厘清了认知与实践、政府与民众、文化与经济、保护与发展、专业化保护与法治环境、文化物质遗存与文化精神等关系，形成比较系统、全面、科学的文化遗产保护思想，增强政府、公众对文化遗产保护的意识。② 《习近平文物事业法治思想研究》还指出，习近平敏锐地发现文物事业发展中存在的种种问题与法治有着直接的关系，并成功探寻到文物事业健康发展与文物事业法治化的内在理论，为全面建设文物法治奠定了重要的思想基础。③ 同时，《习近平关于非物质文化遗产重要论述及其时代价值》中也阐明了非物质文化遗产包含的筑牢文化、实现中华文化的创造性转化和创新性发展、培育践行社会主义核心价值观等时代价值。④ 正如卜宪群在《深入领会习近平关于文化遗产的思想理论》中所述，习近平关于文化遗产的理论是对古往今来一切优秀文化遗产理论的继承与发展，是以人民为中心的文化遗产观，是科学辩证的文化遗产观，是实现中华民族伟大复兴中国梦的文化遗产观，是新时代做好当

---

① 参见鲍展斌、李包庚《习近平文化遗产观及其时代价值》，《马克思主义研究》2019年第8期。
② 参见欧阳雪梅《努力走出一条符合国情的文物保护利用之路——习近平总书记文化遗产观研究》，《湖南社会科学》2018年第6期。
③ 参见张舜玺《习近平文物事业法治思想研究》，《中国法学》2017年第4期。
④ 参见林青《习近平关于非物质文化遗产重要论述及其时代价值》，《南京理工大学学报（社会科学版）》2019年第6期。

前和今后文化遗产工作的根本遵循。①

三、理论探索：文化遗产保护中国理念

任何一个学术领域的发展都离不开对其基本对象和概念内涵的阐释和不断丰富，理论探索是文化遗产保护实践工作的思想先导，是文化遗产保护实践的智力支持。文化遗产的概念自诞生起，其理论研究就伴随着保护实践不断深入和扩展，并形成符合我国文化遗产特点和实际的中国理念。

文化遗产蕴含丰富的历史价值、艺术价值和科学价值，科学保护是对文化遗产价值的保留和传承，合理利用是对文化遗产价值的发掘和弘扬，这就引发对文化遗产价值功能及保护利用原则和要求的研究探讨，甚至是分歧争论。在我国，文化遗产目前尚未有明确的定义，对于文化遗产的内涵和外延学者们持有不同的观点。朱祥贵在《文化遗产保护法研究：生态法范式的视角》一书指出目前文化遗产的定义以财产和环境角度为基点，仅揭示了文化遗产的历史、艺术、科学、环境等内涵，并没有揭示文化遗产的生态内涵，他从人类生态学角度出发，认为文化遗产的内涵是历史上形成的，由各民族创造的所有具有历史、艺术、科学、景观、经济、文化、社会、环境、生态价值的物质文化和非物质文化人文生态系统，狭义的物质和非物质文化遗产是其外延，自然遗产则不包含在内。② 陈均远则将历史遗产的时间跨度延长至人类出现之前，认为现在人类拥有的遗产不能局限在与人类活动有关的历史事件中，应该包括人类出现之前重大生物

---

① 参见卜宪群《深入领会习近平关于文化遗产的思想理论》，《人民日报》2018年1月10日。
② 参见朱祥贵《文化遗产保护法研究：生态法范式的视角》，法律出版社2007年版，第25页。

演化过程和重大自然演变过程中的历史遗产。① 喻学才和王健民认为联合国教科文组织的文化遗产定义存在着选词不当、概念不周延、文化遗产的信息性特征没有得到突出的问题，也存在文化遗产的经济价值没有得到重视、文化遗产在各个国家总资产中的定位缺少提示、片面强调保护而忽视旅游开发对遗产的合理利用等局限，建议将世界文化遗产分为静态文化遗产和动态文化遗产两个大类来研究，将目前的五个遗产类型整合到上述两个遗产类别中去。② 就文化遗产的形态而言，多数学者持有物质文化遗产和非物质文化遗产的二元划分观点，王福州③、顾军等④则认为两者相辅相成、无法割离。另外也有学者认为联合国教科文组织提出的农业文化遗产、线性文化遗产、水下文化遗产等概念和分类，是无法涵盖目前文化遗产所有类型的。如尽管联合国粮农组织提出农业文化遗产在概念上等同于文化遗产，但农业文化遗产与其他类型的文化遗产有明显的不同，因为农业文化遗产除具有自然遗产、文化遗产、景观遗产、非物质文化遗产的特征外，还有非常重要的一点，即人类的参与，包括人在内的复合生态系统。⑤

文化遗产价值和功能的探讨是对文化遗产内涵和外延的深度发掘和丰富补充。如刘斌等从良渚古城遗址考古发掘、申遗工作、博物院展陈更新、国家考古公园建设等方面分析和探究良渚古城遗址的价值和功能，认

---

① 参见陈均远《自然遗产的普遍教育意义》，载中国科学技术协会学会学术部编《遗产保护与社会发展》，中国科学技术出版社 2007 年版，第 38 页。
② 参见喻学才、王健民《关于世界文化遗产定义的局限性研究》，《云南师范大学学报（哲学社会科学版）》2007 年第 4 期。
③ 参见王福州《"文化遗产"的中国范式及体系建构》，《中国非物质文化遗产》2020 年第 2 期。
④ 参见顾军、苑利《文化遗产报告——世界文化遗产保护运动的理论与实践》，社会科学文献出版社 2005 年版，第 163 页。
⑤ 参见闵庆文《遗产类型的多样性与保护途径的多样性》，载中国科学技术协会学会学术部编《遗产保护与社会发展》，中国科学技术出版社 2007 年版，第 12 页。

为良渚古城遗址 80 多年来的考古发掘工作充分揭示了遗址的重要价值，证明它是良渚文明的都邑性遗址，是实证中华 5000 多年文明史的圣地，是规模庞大的世界级城址，遗址的价值得到国内外学界的高度关注和广泛认可，在各方的配合和努力下，良渚古城遗址已进入全面展示和利用的新时代。[1] 赵丛苍和张朝在《军事文化遗产的价值阐释》中指出军事文化遗产作为文化遗产的一部分具有其他类型的文化遗产共性的价值特征，包括社会价值、经济价值、历史价值等，对军事文化遗产的阐释应当遵循文化遗产的价值阐释规律，在文化遗产价值阐释的框架下进行价值阐释，通过媒介表达军事文化遗产的价值信息应当在理解的基础上进行解释，将其价值内涵展现给社会大众是军事文化遗产价值阐释的可靠路径。[2] 徐苏斌、青木信夫《关于工业遗产经济价值的思考》一文根据工业遗产改造和再利用的特点提出了工业遗产具有固有价值和创意价值，认为前者是遗产本身所具有的内涵价值，后者是改造和再利用后新创造的价值。[3]

文化遗产保护原则是实践工作开展的方向指引和工作指南，相关探讨指导着国内的遗产保护不断向着更科学、更合理的方向发展。起源于欧洲遗产保护领域的原真性概念在国内的引入与普及过程中讨论和争议不断，其适用范围由最初的物质文化遗产延伸到非物质文化遗产，并结合中国文化遗产保护不断"汉化"，在外来学术概念的基础上注入中国元素，服务于我国文化遗产保护。学者们探究的内容涉及原真性表达准确性的争论、对原真性的衡量标准和适用范畴的探讨、对于原真性概念的批判和质疑、

---

[1] 参见刘斌、王宁远、陈明辉《从考古遗址到世界文化遗产：良渚古城的价值认定与保护利用》，《东南文化》2019 年第 1 期。
[2] 参见赵丛苍、张朝《军事文化遗产的价值阐释》，《文物春秋》2020 年第 3 期。
[3] 参见徐苏斌、青木信夫《关于工业遗产经济价值的思考》，《城市建筑》2017 年第 22 期。

对东西方文化背景下原真性内涵的差异进行发掘四个方面，并达成原真性无法以统一的标准去衡量的普遍共识。[1] 整体性可以说是对原真性的丰富和补充，因为遗产作为一种文化存在，形成过程中必然有其特定的历史性和内在的空间性。整体性价值认知经历了对遗产真实性（原真性）价值认知的修正、对地方性价值作为遗产整体性价值的核心精神及其意义的确认、从遗产的"普遍性"的价值向"多样性"价值的回归三个层次。[2] 我国遗产保护与实践在此理念框架下形成了独特的整体性保护机制，充满中国特色与中国智慧，如文化遗产保护与国家战略设计进行整体融合，遗产保护自身专业化工作体系形成的同时与国家顶层设计保持着积极的互动，如通过生态博物馆（群）和文化生态保护区实践，探索特定区域文化聚落生态的整体性保护等，尤其是我国特有的文化生态保护区对以非物质文化遗产为核心的文化形态的保护受到国际社会广泛赞誉和好评。值得注意的是，对于非物质文化遗产概念和价值功能的研究从其概念进入中国后就一直没有停止。如巴莫曲布嫫在多篇文章中对非物质文化遗产概念、基本属性、领域范围进行探讨[3]；简万宁对非物质文化遗产概念中"非物质形态"的讨论和阐释[4]；许敏、王军平等分析非物质文化遗产文化概念的

---

[1] 参见祁润钊、周铁军、董文静《原真性原则在国内文化遗产保护领域的研究评述》，《中国园林》2020年第7期。

[2] 参见林秀琴《整体性保护：价值、理念、实践及挑战——关于文化遗产保护创新的若干思考》，《福建论坛（人文社会科学版）》2020年第12期。

[3] 参见巴莫曲布嫫《非物质文化遗产：从概念到实践》，《民族艺术》2008年第1期；《从语词层面理解非物质文化遗产——基于〈公约〉"两个中文本"的分析》，《民族艺术》2015年第6期；《何谓非物质文化遗产？》，《民间文化论坛》2020年第1期；《非物质文化遗产领域》，《民间文化论坛》2020年第3期。

[4] 参见简万宁《非物质文化遗产概念中"非物质形态"的讨论》，《东南文化》2014年第1期。

英译内容[1]；韩成艳以"非物质性"为核心初步尝试非遗概念的理论建设，界定非遗的主体与非遗保护的主体，探索非遗保护分工合作的身份框架建立[2]，逐步深入地对非物质文化遗产这一外来概念进行解析和研究，促进中国非遗保护与传承工作一方面与国际接轨，另一方面也形成中国特色、中国理念。

四、守正致用：文化遗产保护中国模式

遗产保护与利用之间的矛盾是不可避免的，在"合理利用"的口号下，相关利益群体多注重经济价值而忽视或淡漠其历史、科学和艺术等本体价值，如何协调和平衡两者之间的关系、把握合理利用的界限或尺度、构建文化遗产保护中国模式是当下文化遗产保护中需要关注和重视的问题。

健全管理监督体制。随着文化事业的快速发展，我国文化遗产管理理念和技术方法逐步更新，服务质量不断提升，并形成了文化遗产概念特色化、文化遗产保护理念国际趋同化、文化遗产管理主体社会化、文化遗产管理客体制度化、文化遗产管理经费保障专项化的特点，但也存在文化遗产管理静态模式与动态生存环境不相适应、文化遗产管理主体与利益诉求

---

[1] 参见许敏、王军平《中国非物质文化遗产文化概念的英译研究》，《西安外国语大学学报》2016年第2期；郑安文《〈保护非物质文化遗产公约〉中译本非遗定义中的误译：基于概念逻辑关系的解读》，《中国翻译》2016年第2期。

[2] 参见韩成艳《"非物质文化遗产"概念的理论建设尝试》，《广西民族大学学报（哲学社会科学版）》2020年第2期；《非物质文化遗产的主体与保护主体之解析》，《民俗研究》2020年第3期。

不匹配、文化遗产管理手段评估体系不完备的问题。[1]有学者认为应建立健全文化遗产行政管理体制、管理运行机制，如可以通过专门机构监督、人大和政协监督、群众监督、舆论监督等方式建立和健全文化遗产保护和利用的有效监督机制。[2]也有学者认为文化遗产管理可运用柔性战略管理理论指导实践工作，积极应对环境变化，以特色管理理念、多元共治管理主体、刚柔共济管理方式、充备管理保障等多维举措构建文化遗产管理新模式。[3]

  注重科学合理利用。文化遗产具有不可再生性，科学合理的利用是文化遗产保护的措施之一，也是使其蕴含的精神价值深入人心反哺保护的过程。如吕舟在《面向新世纪的中国文化遗产保护》一文中提出制定一个清晰的世界遗产申报和保护战略系统，展现中国文明对于世界的影响[4]；魏峻在《中国水下文化遗产的博物馆展示》一文中回顾中国博物馆水下文化遗产展示历程，在分析典型展示案例和借鉴国外相关保护展示实践的基础上，认为未来应加强博物馆展示与原址展示、数字化展示、公共空间展示的结合，以便更好地发挥水下文化遗产在文化服务、知识学习、提升生活品质和树立文化自信方面的积极作用[5]；霍晓卫等在《城市更新中遗产保护的阶梯式介入》中提出法定保护的文化遗产和尚未法定保护的历史文化

---

[1] 参见李丰庆、刘成《中国文化遗产管理发展与管理模式构建研究》，《西北大学学报（哲学社会科学版）》2021年第4期。
[2] 参见陆建松《中国文化遗产保护管理的政策思考》，《东南文化》2010年第4期。
[3] 参见李丰庆、刘成《中国文化遗产管理发展与管理模式构建研究》，《西北大学学报（哲学社会科学版）》2021年第4期。
[4] 参见吕舟《面向新世纪的中国文化遗产保护》，《建筑学报》2001年第3期；《国家历史身份的载体：中国世界遗产保护事业的发展与挑战》，《中国科学院院刊》2017年第7期。
[5] 参见魏峻《中国水下文化遗产的博物馆展示》，《中国博物馆》2020年第3期。

遗存应当阶梯式介入城市更新，并根据工作实践建立阶梯模式[1]；王秀伟和延书宁从文化生态保护实验区的角度探讨文化空间转变背景下对保护对象及其生活环境的保护[2]。

有效引入信息技术。信息技术在文化遗产存档、管理、信息共享等方面的优势得到普遍认可，文化遗产数字化已经成为文化遗产保护和发展的新方向和新趋势。借助先进的数字技术对文化遗产数据、保存和展示多方面信息进行存储、再现和再利用是目前文化遗产保护的重要手段之一。早期研究中，学者们往往对某项技术进行介绍，或者以某个文化遗产的保护为例探究其在遗产保护和发展中的应用，进入2000年以后，文化遗产数字化的研究进入热点阶段，研究主题涉及复原重建、配准、数字图书馆、激光扫描、元数据、虚拟现实等，其中，数字图书馆和数字博物馆两个领域是研究的主流。[3] 同时，学者们也注意到现代技术在非物质文化遗产保护领域中发挥的重要作用，理论研究、技术研究、平台建设研究逐渐立体化、系统化。薛可、龙靖宜总结归纳我国非遗数字传播呈现的新特点及新挑战，结合数字传播与我国非遗特点提出应对策略。[4] 覃京燕[5]、叶丹[6]、

---

[1] 参见霍晓卫、徐慧君、胡笳、陈旭娟《城市更新中遗产保护的阶梯式介入》，《上海城市规划》2021年第3期。

[2] 参见王秀伟、延书宁《从场所到场域：文化生态保护实验区的空间转变》，《民族艺术研究》2020年第1期。

[3] 参见赵智慧《文化遗产数字化研究演进路径与热点前沿的可视化分析》，《图书馆论坛》2013年第2期。

[4] 参见薛可、龙靖宜《中国非物质文化遗产数字传播的新挑战和新对策》，《文化遗产》2020年第1期。

[5] 参见覃京燕、贾冉《人工智能在非物质文化遗产中的创新设计研究：以景泰蓝为例》，《包装工程》2020年第6期。

[6] 参见叶丹、戴旸《以网络直播为途径的非物质文化遗产传播研究》，《黄山学院学报》2020年第2期。

谭宏等[1]分别讨论了人工智能、网络直播、动漫技术等在非遗保护中的应用。当然，目前文化遗产数字化缺乏科学化管理体系和统一的标准、数字化保护手段单一、相关人员素质不高等问题依然存在[2]，需要在未来工作中给予重视。

构建保护标准体系。标准体系建设是遗产保护管理的重要基础性技术工作，有助于提高遗产的保护管理水平，然而目前我国文物遗产保护管理尚缺乏一套公认的、科学的行为准则和标准，如工作标准、技术标准、管理标准、评价标准等。陆建松在《我国遗产管理体制存在的问题》一文中提出遗产保护标准化体系建设中特别要考虑以下原则：一是保护为主和永续利用的原则，二是普遍性加特殊性原则，三是强制性加推荐性原则，四是突出关键性指标原则。[3]比较而言，非物质文化遗产相关标准的讨论则较为丰富。戴旸、李财富提出构建非遗建档标准体系的思路与原则，并从"两条主线""三个维度"勾画出该体系的基本框架[4]；李小苹从法律视角出发提出三个非物质文化遗产分类标准，即非物质文化遗产是否可市场化、是否习俗化、是否宗教化[5]；于干千、程小敏提出通过系统摸底普查建立核心项目、打破申报项目界定单一性等方式确定中国饮食文化申报

---

[1] 参见谭宏、谭超《"动漫创作工程"：民间故事保护与传承的新路径》，《原生态民族文化学刊》2020年第6期。
[2] 参见李英《文化遗产的数字化保护分析》，《文物鉴定与鉴赏》2021年第4期。
[3] 参见陆建松《我国遗产管理体制存在的问题》，载中国科学技术协会学会学术部编《遗产保护与社会发展》，中国科学技术出版社2007年版，第45页。
[4] 参见戴旸、李财富《我国非物质文化遗产建档标准体系的若干思考》，《档案学研究》2014年第5期。
[5] 参见李小苹《法律视角下的非物质文化遗产分类标准研究》，《青海社会科学》2012年第2期。

世界非物质文化遗产的标准[1];哈尼克孜·阿布都外里认为可以从本体档案、实物档案和派生档案三个方面设定传统舞蹈类非物质文化遗产的建档标准[2]。

五、结语

联合国教科文组织在 1972 年正式提出文化遗产的概念后,文化遗产保护理论研究和实践工作迅速受到世界各国的普遍关注,成为 20 世纪后几十年人类文化领域中最为重要的文化活动之一。我国文化遗产保护经历了古物古迹保护观念的基本形成、文物保护体系的初步建立、文化遗产保护的新时代发展三个阶段,并在新时代取得了丰硕的研究成果,呈现对文化遗产价值认识的研究逐步深入及非物质文化遗产保护和利用研究分量逐步增大的态势。

在对遗产价值认识的研究中,对遗产本体保护的研究从单纯地探讨保护途径转向更多地关注文化遗产科学保护与合理利用的关系。学者们或是结合我国文化遗产保护和利用中存在的问题或挑战,阐述文化遗产保护的方向,提出应对策略和模式,讨论文化遗产保护和利用的关系;或是从城市保护规划、体系构建、旧城改造、文化遗产保护原则与思路等方面展开论述,构建城市建设与文化遗产保护路径;或是从思想观念、科学规划、宣传教育、资金保障等方面着手解决文化遗产保护与旅游开发间的矛盾;

---

[1] 参见于干干、程小敏《中国饮食文化申报世界非物质文化遗产的标准研究》,《思想战线》2015 年第 2 期。
[2] 参见哈尼克孜·阿布都外里《试论传统舞蹈类非物质文化遗产的建档标准——以刀郎舞为例》,《文化遗产》2020 年第 6 期。

或是介绍和引入先进技术、设备，提升文化遗产保护和利用水平，学术研究与实践工作相结合，推进中国物质文化遗产和非物质文化遗产保护克服重重障碍取得卓有成效的进展，构建文化遗产保护中国模式。

从单纯关注物质文化遗产研究到兼顾非物质文化研究是学术界研究的另一态势。在中国知网，以"文化遗产+保护"为主题可搜索到1990年至今的90977项成果，以"非物质文化遗产+保护"为主题可搜索到1997年至今的26984项成果。[①] 2005年之前，文化遗产研究是学者们研究的重点，自2005年起，无论文化遗产还是非物质文化遗产的研究均呈直线上升趋势，2009年起两者研究成果数量居高不下，并在2019年达到高峰，当年文化遗产研究成果7145项，占研究总量的7.8%，非物质文化遗产研究成果2029项，占研究总量的7.5%，研究成果比重基本持平（图1、图2）。当然，就研究成果总量及年研究成果总量来说，文化遗产相关研究还是占据较大优势，这与我国文化遗产数量巨大、种类丰富、研究起步稍早有较大关系。非物质文化遗产研究的迅速兴起与成果的增多与我国政府对非物质文化遗产的重视和相关文件的颁布和实施有一定关系，如2005年，通过《国务院办公厅关于加强我国非物质文化遗产保护工作的意见》，2006年，发布《文化部关于申报第一批国家级非物质文化遗产代表作的通知》，非物质文化遗产保护实践工作迅速推进，2005年以后非物质文化遗产研究成果数量直线上升正是在这一背景下产生的。

---

① 统计时间为2021年8月23日11时，统计结果及统计图来源于中国知网。

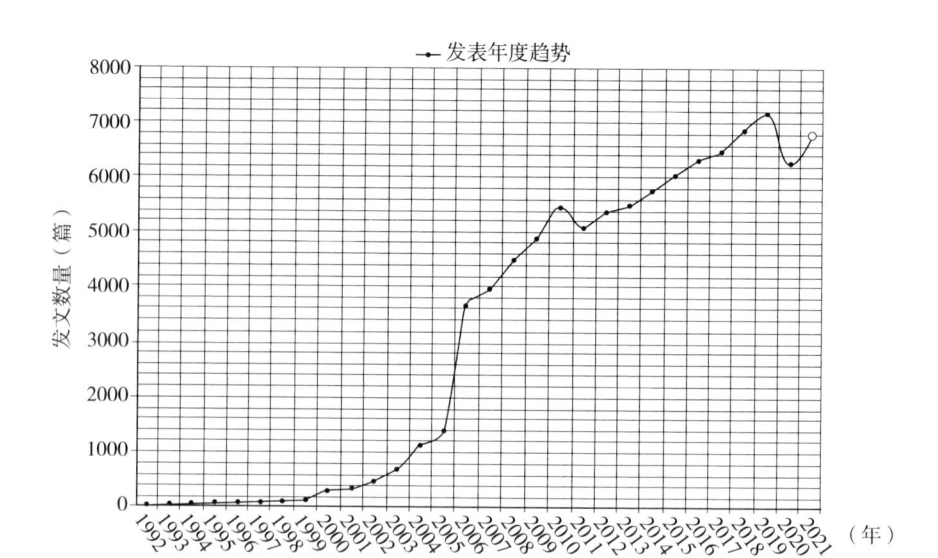

图 1　文化遗产研究成果年度分布图

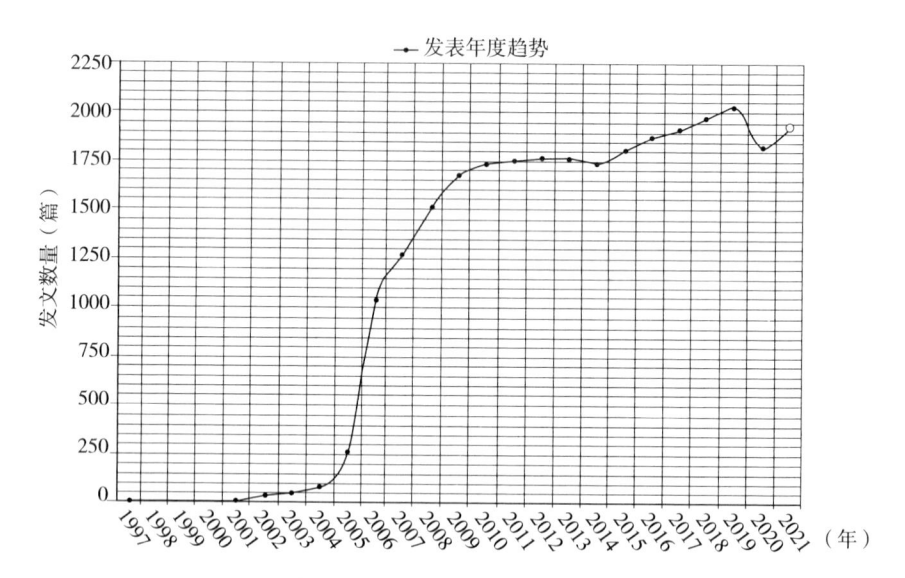

图 2　非物质文化遗产研究成果年度分布图

当然我们也看到无论是文化遗产还是非物质文化遗产的研究，多集中于城镇化发展、旅游开发及某种类型文化遗产或某个文化遗产本体的研究，局限于原则和策略方面的一般性分析和论述，科学保护和合理利用的理论研究较为薄弱，研究方法和研究学科背景较为单一。基础理论的完善、多学科的参与、遗产内涵的发掘和阐释、民众意识的提升等还需要在未来研究得以中进一步加强和关注。

我国文化遗产保护事业是在借鉴和参考西方国家文化机构和文化实践的过程中逐步走向成熟并形成独特的中国经验的。随着现代化和城镇化进程的加剧，文化遗产正面临着前所未有的威胁与挑战，在党和国家的高度重视及有关部门的深入贯彻落实中，我国文化遗产保护工作体系、管理模式、保护理念和思路、参与国际文化遗产保护等工作取得重大进展，文化遗产学学科体系逐步构建，跨学科、跨领域的研究稳步开展，"中华文明探源工程""文化遗产保护关键技术研究"等国家重大科研项目顺利进行，文化遗产宣传教育及民众参与活动逐渐丰富，保护利用和传承发展水平不断提高，文化遗产保护中国经验不断积累和丰富。这是我国积极参与文化遗产保护、勇于承担国际责任、共同守护人类文明成果的见证，也是我国为世界文化遗产保护做出的中国答卷。

国家文化公园研究报告

宋　蒙　高琰鑫

　　建设国家文化公园，是以习近平同志为核心的党中央作出的重大决策部署，是推动新时代文化繁荣发展的重大文化工程，也是我国文化建设中的一大盛举。九曲黄河、万里长城、千年大运河、二万五千里长征是中华民族的重要文化符号，是中国精神的重要载体，围绕黄河、长城、大运河、长征建设国家文化公园可以极大地整合我国文化文物资源，对于传承弘扬中华优秀传统文化，促进中华优秀传统文化创新性发展，实现中华民族伟大复兴的中国梦具有重要意义。

　　2019年7月24日，习近平总书记主持召开中央全面深化改革委员会第九次会议，审议通过了《长城、大运河、长征国家文化公园建设方案》（以下简称《方案》）。《方案》强调，要以习近平新时代中国特色社会主义思想为指导，全面贯彻党的十九大精神，以长城、大运河、长征沿线一系列主题明确、内涵清晰、影响突出的文物和文化资源为主干，生动呈现中华文化的独特创造、价值理念和鲜明特色，促进科学保护、世代传承、合理利用，积极拓展思路、创新方法、完善机制，到2023年底基本完成建设任务，使长城、大运河、长征沿线文物和文化资源保护传承利用和协调推进局面初步形成，权责明确、运营高效、监督规范的管理模式初具雏形，形成一批可复制推广的成果经验，为全面推进国家文化公园建设创造良好条件。2020年1月3日，习近平总书记主持召开中央财经委员会第六次会议，明确要求谋划建设黄河国家文化公园。2020年10月29日，中国共产党第十九届中央委员会第五次全体会议通过《中共中央关于制定国民经济和社会发展第十四个五年规划和二〇三五年远景目标的建议》，明确提出建设黄河国家文化公园。

为深入贯彻落实《长城、大运河、长征国家文化公园建设方案》，加快推进长城、大运河、长征国家文化公园建设，中宣部、国家发展改革委、文化和旅游部等国家文化公园建设工作领导小组各组成单位和有关地方高度重视，密切沟通协调，克服新冠肺炎疫情影响，有序推进各项工作。2019年9月27日，大运河国家文化公园建设推进会在江苏扬州召开。2020年12月11日，长城国家文化公园建设推进会在河北秦皇岛召开。2020年12月23日至24日，长征国家文化公园建设推进会在贵州遵义召开。2021年2月9日，国家文化公园专家咨询委员会秘书处挂牌仪式在北京举行，专家咨询委员会秘书处设在中国艺术研究院，承担委员会的日常运作、协调服务和组织管理。这标志着国家文化公园专家咨询委员会正式组建，国家文化公园工作机制建设开启新的阶段。2021年8月8日，为深入学习贯彻习近平总书记关于国家文化公园建设的重要指示精神，加快推进国家文化公园建设，国家文化公园建设工作领导小组印发《长城国家文化公园建设保护规划》《大运河国家文化公园建设保护规划》《长征国家文化公园建设保护规划》，要求各相关部门和沿线省份结合实际抓好贯彻落实。

早在2018年，就有学者关注国家文化公园建设，之后文化学、旅游学、艺术学、历史学、经济学、设计学等相关学科领域的专家学者更多聚焦这一重大文化工程。截至 2021 年 8 月底，可在中国知网上检索到与"国家文化公园"相关的成果 200 余篇。大体上是从国家文化公园的主题阐释、文化内涵、规划建设、管理体制机制这四个方面展开研究。

一、国家文化公园的主题阐释研究

党的十八大以来，我国进入新时代的发展时期，国家文化公园作为全新理念提出，可以说恰逢其时，对内有助于增强国家文化软实力，提高文化自信，铸牢中华民族共同体意识，推动实现文化强国战略；对外有利于建立中华民族统一的文化标识，讲好中国故事，树立中国良好的国际形象，促进人类文明交流互鉴。国家文化公园不仅是一个全新的理念，更是一个复杂的文化工程系统，因此，亟需就这一主题进行全方面的系统阐释。

（一）国家文化公园的概念研究

王学斌从三个层面深入解析了国家文化公园的概念。首先，"国家"是鲜明底色。他提出，国家文化公园需永葆"国家"底色，始终立足国家高度。从制度层面来看，习近平总书记亲自谋划、亲自推动，国家层面印发了多个相关文件，确保其总体上的公益性基调。从形象选取而言，国家文化公园是整合具有突出意义、重要影响、重大主题的文物和文化资源。其次，"文化"是内在灵魂。具体而言，无论是长城、大运河，抑或长征、黄河，都是中华民族独一无二的、承载着最深层文化记忆的符号，国家文化公园蕴含着中华民族千百年来存亡绝续的文化基因和精神密码。最后，

"公园"是基本定位。"国家文化公园代表着'国家'的顶层设计,意在展示宏观格局;'文化'体现了本质属性,贵在强化情感关联,那么'公园'则是权属表达和空间限定,拥有不可替代的复合功能。"① 国家文化公园拥有文化资源的宝库与中华民族的精神家园,文化交流与展示的平台、文化与旅游深度融合发展的舞台的三重定位。

王克岭对国家文化公园的概念做了抽象化阐释和具象化阐释。他基于 2003 年 2 月发布的《旅游资源分类国家标准》,结合严国泰关于"中国国家公园可基于联合国教科文组织发布的世界遗产类型进行归类,归集为自然型、文化型和文化景观型国家公园"的观点,提出"国家文化公园是依托'遗址遗迹'和'建筑与设施'等人文旅游资源,具有代表性、延展性、非日常性主题,由国家主导生产的主客共享的国际化公共产品"② 的概念。同时,他以长城为例,具象化地阐释了国家文化公园的概念。他认为,基于类型、价值维度,对长城沿线文化资源分类(静态型、动态型、重塑型)、分级(静态型——国保、省保、市保、不详;动态型——国家、省、市、县)进行排查,由国家主导生产主客共享的公共产品(长城精神空间)就显得必要且紧迫。王克岭把国家文化公园定义为公共产品,这一理念对于国家文化公园的管理建设具有启发意义。

除了从"休憩空间""公共产品"的角度出发探讨国家文化公园的概念,一些研究者还把国家文化公园定义为"特定区域""特殊区域",从这个角度探索国家文化公园的概念。李树信通过对国家公园概念与发展特点以及线性文化遗产的保护利用的梳理,阐述了国家文化公园的概念。他提

---

① 王学斌:《什么是"国家文化公园"》,《学习时报》2021 年 8 月 16 日。
② 王克岭:《国家文化公园的理论探索与实践思考》,《企业经济》2021 年第 4 期。

出"国家文化公园是由国家批准设立并主导管理,以保护具有国家代表性的文物和文化资源,传承、弘扬中华民族文化精神、文化信仰和价值观为主要目的,实施公园化管理经营的特定区域"[1]的概念。还有学者认为,国家文化公园是"以保护传承和弘扬具有国家或国际意义的文化资源、文化精神或价值的主要目的,兼具弘扬与传承中华传统文化、爱国教育、科研实践、国际交流、旅游休闲、娱乐体验等文化服务功能,且经国家有关部门认定、建立、管理的特殊区域"[2]。

相比而言,王克岭的"空间产品"的概念更具综合性,王学斌、李树信和博雅方略研究院更偏重区域概念。总体来说,"国家文化公园"概念提出不久,仍需更多学者对其进行探索与阐释,进一步明确国家文化公园的概念。

(二)国家文化公园的特质研究

冷志明以字面拆解破题的方式对国家文化公园的特性进行解读,提出国家文化公园具有国家性、文化性、公园性。一是国家性。具体来讲,国家性体现在建设的指导思想上,国家文化公园"以习近平新时代中国特色社会主义思想为指导,全面贯彻党的十九大精神,以长城、大运河、长征、黄河沿线一系列主题明确、内涵清晰、影响突出的文物和文化资源为主干,做大做强中华文化重要标志"[3]。在管理体制上,"构建'中央统筹、省负总责、市县落实'的工作格局","体现国家意志和国家行为,凸显国

---

[1] 李树信:《国家文化公园的功能、价值及实现途径》,《中国经贸导刊(中)》2021年第3期。
[2] 博雅方略研究院:《建设国家文化公园 彰显中华文化自信》,《中国旅游报》2020年1月3日。
[3] 冷志明:《国家文化公园:线性文化遗产保护传承利用的创新性探索》,《中国旅游报》2021年6月2日。

家文化公园的'国家象征'"。二是文化性。冷志明强调，一方面，国家文化公园的特性区别于国家森林公园、国家地质公园；另一方面，国家文化公园并不搞重复建设，而是整合中华文化资源。三是公园性。这一特性决定了"国家文化公园实施公园化管理运营，使公众成为积极参与者和主要受益者"，要坚持开放性，体现公益性。

（三）国家文化公园的功能价值研究

李树信较为全面地解读了国家文化公园的功能与价值，他提出"国家文化公园具有保护传承功能、宣传教育功能、科学研究功能、游憩功能和社区发展功能"[1]，并分别阐述了各个功能内涵：保护传承功能是国家文化公园的基本功能，宣传教育功能是国家文化公园的核心功能，科学研究功能是国家文化公园的重要功能，游憩功能是国家文化公园的价值体现，社区发展功能是国家文化公园可持续发展的基础。李树信表示，国家文化公园的价值可以分为本体价值和衍生价值，本体价值包括历史文化价值、科学价值、艺术价值，衍生价值包括社会价值、经济价值、文化价值、环境价值。他强调，历史文化价值是国家文化公园的核心和灵魂，也是国家文化公园其他价值的基础。

赵云对国家文化公园的价值研究着眼于实践和评估体系建设，他指出，价值研究是国家文化公园基础理论研究中最紧迫且具有全局性的学术问题。他表示，公园区域文化整合是该过程的本质，文化遗产有效保护是其基本要求，品牌价值的创建与实现是其理想状态，为此建立了涵盖建设和运营阶段全流程、动态性的国家文化公园价值评估的内容框架，包含核

---

[1] 李树信：《国家文化公园的功能、价值及实现途径》，《中国经贸导刊（中）》2021年第3期。

心遗产价值评估、公园整体价值评估、品牌价值评估三个方面。"通过价值实现过程与建设、运营过程对接，采用贯穿整个过程的价值主导方法，针对国家文化公园这一创新命题建立起合规律性与合目的性统一的分析框架，梳理了各对矛盾的辩证统一关系，建立起国家文化公园价值评估的理论基础。"①

还有研究者提出国家文化公园是彰显中华文化自信的重要标识，是"中国文化传播的重要渠道"，是"文化与旅游融合发展的新名片"。②

（四）国家文化公园的国际经验研究

国家文化公园是我国提出的全新理念，其建设经验研究处于初始阶段，国外关于国家公园的理论研究和实践经验较为成熟。不少学者放眼国际，从文化遗产保护、遴选标准、规划建设、管理体制机制这四个度，在他者的经验中探索我国国家文化公园建设的理论与实践基础。

首先，从文化遗产保护的角度看，李飞对欧洲的文化线路、美国的遗产廊道和中国的线性文化遗产这三条国家文化公园发端的理论源流进行了阐述，对欧洲、美国的经验进行了解读。他提出，欧洲文化线路理论重点强调了身份识别和文化认同对政治统一的意义，跨越不同民族国家的大型线路遗产是不同地域间的联系纽带，对其认定和管理由欧洲联合权力机构负责与协调有积极意义。美国遗产廊道从属于国家公园体系，重视景观质量和环境保护，同时对遗产区域内的人和文化要素给予关注，并拥有完整的评价体系，是美国政府重要的公益事业。他强调，我国有着与欧洲同等

---

① 赵云、赵荣：《中国国家文化公园价值研究：实现过程与评估框架》，《东南文化》2020 年第 4 期。
② 博雅方略研究院：《建设国家文化公园 彰显中华文化自信》，《中国旅游报》2020 年 1 月 3 日。

厚重的文化积淀和多样的民族文化，同时有着略大于美国的统一辽阔疆域，欧美关于大尺度空间下的遗产保护利用理论、管理运行模式，与我国本土化的理论探索和实践相结合，共同构成国家文化公园的重要理论基础。①

龚道德梳理了国外历史、文化类国家公园的历史脉络，分析了中西哲学思想和文化遗产截然不同的特性。他认为，一方面，由于西方"主客二分"与中华民族"天人合一"的哲学观念的不同，造成了二者保护价值观的差异；另一方面，由于中西文化遗产中文物建筑、非物质文化遗产、景观遗产三个层面的特性本身的不同，导致了我国国家文化公园与西方国家史迹类公园观照角度产生分歧。"我国采用'国家文化公园'这一概念，是我国从具体国情出发，对西方国家公园制度的大胆衍生和创造。"②

此外，张玉钧考察了国家公园中的游憩策略，指出在国家公园实施游憩策略的目标是在保护的前提下，在一般控制区内划定适当区域开展生态教育、自然体验、生态旅游等游憩活动，以四个实现途径最终构建起高品质和多样化的生态产品体系。他强调，在创新游憩产品的过程中，平衡资源保护和游憩发展的关系，兼顾生态系统的完整性及区域生态敏感性，尽可能降低游憩产品对国家公园生态环境的影响，确保国家公园的永续利用与发展，实现人与自然的和谐共生，推进生态文明建设。③

其次，从国家文化公园管理体制机制的国际经验研究角度看，邹统钎等提出，在国际上，国家公园体系日益完善，以日本、韩国为代表的亚洲综合管理型国家公园体系，具有主体明确、责权明晰的管理体制，政府主

---

① 参见李飞、邹统钎《论国家文化公园：逻辑、源流、意蕴》，《旅游学刊》2021年第1期。
② 龚道德：《国家文化公园概念的缘起与特质解读》，《中国园林》2021年第6期。
③ 参见张玉钧《国家公园游憩策略及其实现途径》，《中华环境》2019年第8期。

导、有效分配的财政体制，遗产活化、全民参与的保护体制。而以德国为代表的欧洲地方自治型国家公园体系，则在管理体制方面国家指导、地方自治，在财政体制方面政府为主、营收为辅，在保护体制方面回归大众、保护原真。以加拿大为代表的美洲自上而下管理型国家公园体系，则在管理体制上呈现企业模式、与时俱进，在财政体制上政府扶持、追求效率，在保护体制上战略引导、尊重文化的特征。亚洲、欧洲、美洲在国家公园的管理体制、财政体制、文化遗产保护机制方面都做出了有益的探索。"在这些完整的国家公园体系中，文化型的国家公园是其重要组成部分"[1]，为我国国家文化公园的管理体制、财政体制、保护体制建设提供了宝贵经验。

再次，从国家文化公园遴选标准的国际经验角度看，吴丽云等以美国模式、法德模式为例，探讨了我国国家文化公园的遴选标准问题。她指出，美国经验总结来讲是高标准、多程序，其基本入选标准包括国家重要性、适宜性、可行性、管理的不可替代性四项。此外，入选美国国家公园体系，需要经过一系列严格的审查程序，包括申报提案、资源调查与评价、协调关系、确定边界、核准五步。相比之下，法德经验重视群众意愿，广泛征询意见。"在入选标准方面，根据德国《联邦自然保留区法案》，国家公园区域的遴选需符合三项规定：一是区域的资源具有特殊性；二是区域大部分符合自然保护区的相关规范；三是区域受人类影响较少，适合被划为自然保护区。在管理机构及遴选程序方面，20世纪初，欧洲一些国家设立了自然保护机构，如德国的自然保护与公园协会、法国的鸟

---

[1] 邹统钎、常梦倩、赖梦丽：《国家文化公园管理模式的国际经验借鉴》，《中国旅游报》2019年11月5日。

类保护协会等。"①上述国际经验，为国家文化公园今后的主题遴选提供了思路。

最后，还有学者从具体建设方案的角度研究国家文化公园的国际经验。朱民阳以美国黄石国家公园为例，提出建设大运河国家文化公园，要树立保护第一、保护传承利用相统一的理念，须突出保护文化遗产及其周边环境的完整性，保护文化遗产的真实性和多样性，让文化遗产得以自然展现。同时，他通过美国出台的《伊利运河国家遗产廊道法案》，指出要用法律制度保障国家文化公园建设，在充分的前期调研工作的基础上，以立法的形式将国家文化公园的管理体制、权责体系、机构设置等明确下来，推动大运河遗产的保护、展示、利用，以及将运河治理等工作纳入法治轨道，改变因多头管理、空间交叉重叠带来的保护和管理体系碎片化等问题。此外，朱民阳还以加拿大、日本、韩国、德国为例，表示"我国建设国家文化公园要建立主体明确、责权明晰的管理体制，处理好公益性与市场化的关系，注重彰显个性、突出亮点"②。

二、国家文化公园的文化内涵研究

国家文化公园最突出的特质就是具有强烈的文化标识性，黄河、长城、大运河、长征是中华民族精神的重要象征，承载着中国上下五千年悠久灿烂的文化基因，是国家文化公园概念立足、管理建设的根基，对国家文化公园的文化内涵的阐释是学者们的研究重点。其中最值得重视的研究

---

① 吴丽云、常梦倩：《国家文化公园遴选标准的国际经验借鉴》，《环境经济》2020 年第 Z2 期。
② 朱民阳：《借鉴国际经验 建好大运河国家文化公园》，《群众》2019 年第 24 期。

成果是中国艺术研究院院长韩子勇研究员的《黄河：一部中华民族的伟大史诗》[①]和由韩子勇主编、中国艺术研究院10余位学者撰写的《黄河文化论纲》《长城文化论纲》《大运河文化论纲》《长征精神论纲》四部论纲，对黄河文化、长城文化、大运河文化、长征精神进行了深刻、全面、系统的梳理与归纳，对探索国家文化公园的文化内涵具有纲领意义和引领价值。

韩子勇以道法自然的自然观、纵贯时空的历史观、心怀穹宇的文明观、天人合一的宇宙观描绘了波澜壮阔的华夏文化图卷，饱含深情地深刻阐释黄河是中华民族的伟大史诗这一重要文化内涵。从自然地理的角度出发，他提出大河文明是文明古国共有的故事模式，黄河是中华文明的温床，是中华民族的母亲河。他分析了黄土高原和黄河巨大塑造力形成的地理原因，并以溯本怀古的哲思阐释了黄河与中华民族的民族特性形成之间的内在联系。同时，准确描摹了黄河作为母亲河的文化意象，并从历史向度出发，探讨了农耕文明与游牧文明如何在自然地理规定的生产方式中分野，又是如何在黄河的"几"字臂中融汇相生，以及华夏文明的精魂如何在历史的熔炉中淬炼涅槃、绵延不绝的原因。最后，韩子勇立足于当下，指出黄河对于形成中华文明民族精神的重要意义，探究了黄河文化与中国共产党伟大历史实践的互相作用的关系。韩子勇系统论述了黄河文化内涵，对于2021年发表的《黄河文化论纲》的撰写起到了奠基和引领作用。

任慧、李静、肖怀德、鲁太光合撰的《黄河文化论纲》一文，从黄河是中华民族的母亲河、中华文明的发祥地、中华民族的根和魂、中华民族的伟大史诗这四个方面全面阐述了黄河文化公园所承载的黄河文化的内涵。文章从自然地理空间的角度论述了黄河作为中华民族文明源头的自然

[①] 韩子勇：《黄河：一部中华民族的伟大史诗》，《光明日报》2019年12月13日。

基础，进而阐释了黄河是孕育中华文明的母亲河："黄河是风、水、土的合力巨作，是天作地合，如阴阳，如父母，如伟大的受孕、化育和成长，为中华文明的诞生铺就天然的产床。"① 同时，通过分析黄河流域得天独厚的自然地理条件、内部运化以及与其他文化交融的过程，从横向的空间维度和纵向的时间维度揭示了黄河的中华文化轴心地位。除此之外，文章通过对中华民族的大一统、团结统一的民族精神进行研究，并追本溯源，全面提炼、描摹出中华民族形象，并揭示了这种独特的民族特性与黄河的内在关系，阐释了黄河是中华民族的根与魂的文化意蕴。文章还结合中国共产党的百年党史，深入探讨了黄河文化与红色革命文化的交融。

彭岚嘉、王兴文的《黄河文化的脉络结构和开发利用——以甘肃黄河文化开发为例》一文提出，黄河文化的结构是一个由多条脉线交织而成的网状结构。黄河文化主脉线主要有生物化石线、文明遗址线、农耕文化线、民族文化线、宗教文化线、民间文化线、文学艺术线、建筑文化线等。每条主脉线上又分布有若干副脉线，这些脉线交错纠结，共同织就了具有生成性、开放性的网状结构式的黄河文化系统。② 文章立足甘肃黄河文化内涵进行了结构分层，较早对黄河文化进行了阐释。

王玉玊、谷卿、刘先福合撰的《长城文化论纲》一文，从长城作为民族融合的历史见证、中华民族的精神象征、与时俱进的文化地标这三个方面探讨长城文化公园所包含的文化内涵。文章首先从长城修建的历史维度出发，总体上把握了"长城不仅是单纯的物质实体，还是一套不断演进的军事防御体系与政治管理方式，是农耕民族与游牧民族实现军事、经济、

---

① 任慧、李静、肖怀德、鲁太光：《黄河文化论纲》，《艺术学研究》2021 年第 1 期。
② 参见彭岚嘉、王兴文《黄河文化的脉络结构和开发利用——以甘肃黄河文化开发为例》，《甘肃行政学院学报》2014 年第 2 期。

文化碰撞交流的界面与窗口"①的文化意蕴。文章提出，作为民族融合的历史见证，长城重构"天下"，巩固新的政治秩序，并且界分农牧，见证两种文明互动融合，还列举大量史实说明长城护卫通路，促成国家与民族间交流。同时，文章分别从古代长城诗文，近代长城新解，抗日救亡时期"血肉长城"的家国情怀的三个历史维度，分析了长城作为中华民族精神象征的文化意象。此外，文章站在当代的时空向度，探讨了长城文化主要呈现的三类文化形态：一是底蕴深厚的文化遗产形态，以长城沿线遗存的大量文物古迹为代表；二是丰富多彩的文学艺术形态，以各文艺创作的长城题材作品为载体；三是与时俱进的文化符号形态，以语词和图像形式融入社会生活的方方面面。文章指出，长城文化历经2000余年传承至今，影响和塑造着中国人的思维方式、审美意识和情感表达。

唐嘉、杨秀、李修建合撰的《大运河文化论纲》一文，从"上善若水""运之河""道济天下"三个维度来阐述大运河的文化内涵。文章从世界早期水在各个文明演进中的意义出发，运用道家哲学，联系自然地理，揭示出"水运之优势和古人之智慧"，探讨了历史上开凿大运河的原因，并对大运河开凿的历史进行了梳理，阐明了大运河开通的意义。同时，文章强调"运"在中国文化中具有重要意义，分析了"运"意义的生成来源于动，探讨了大运河之"运"的政治、经济、文化、自然地理意义。文章进一步从"水道""商道""世道"这三个层面研究大运河"道济天下"的文化内涵：一是水道，文章梳理了大运河开凿各条水道的历史，整理了大运河水道的命名，介绍了大运河的漕运功能和军事功能、灌溉功能、运载功能、连通功能，以及所带来的对于沿岸地区的经济、农业、民生、城

---

① 王玉玊、谷卿、刘先福：《长城文化论纲》，《艺术学研究》2021年第1期。

市、水系桥梁建筑的影响。二是商道，由大运河的运输货物与商品功能，指出"大运河是一条商业之河"①，并探讨了大运河在连通南北和全国，以及陆上丝绸之路和海上丝绸之路所发挥的商业作用，由此滋养出运河沿线的市井气质，促进了沿线城市的商业发展，形成了大运河沿线独特的商业模式以及有别于传统农耕文化和士人文化的商业文化。同时，进一步探讨了这三者之间相互融合互补并存的关系。三是世道，文章系统阐述了大运河文化带的不同文化样态，包括茶叶文化、饮食文化、语言文化、祭祀宗教文化、建筑园林文化、戏曲文化、文学艺术、文明交流互鉴。

杨娟、李静、秦兰珺、鲁太光合撰的《长征精神论纲》一文，梳理了长征的历史概况，并从各个时代对长征精神进行阐发，对长征精神的内涵与意义进行了分析。文章提出，长征精神的内涵包括三点：一是英雄主义。英雄主义的核心要义是视死如归、大无畏的牺牲精神，它的另一种表现形式是乐观主义精神。文章列举了红二十五军浴血转战、朱德、红三军团九名炊事员、萧劲光的史实来具体阐释"英雄主义"的长征精神内涵。二是理想主义。英雄主义是表现，理想信念是内里。红军之所以能忍耐难以言表的艰难困苦，战胜史无前例的危机挑战，之所以能转危为安，挺进陕北高原，开创了中国革命的高峰，是因为红军是一支理想之师、信仰之师，正如习近平总书记所指出的："崇高的理想，坚定的信念，永远是中国共产党人的政治灵魂。"文章列举了毛泽东、成仿吾、陈云、中央红军干部团、革命战士一系列事例，深刻阐释了革命理想主义精神。三是实事求是、独立自主。长征精神包含了中国共产党实事求是、独立自主地探索中国道路的精神。文章梳理了红军战略转移的思路和历程，阐发了实事求

---

① 唐嘉、杨秀、李修建：《大运河文化论纲》，《艺术学研究》2021年第1期。

是的长征精神。文章强调，长征以其空前绝后的壮举，改写了中国革命史，震撼了世界，长征精神是中国共产党和红军奉献给中国乃至全世界的精神传统。此外，文章指出长征精神作为红色时代的重要遗产，构建着中国人的代际认同和民族身份，影响着中国人的精神气质和文化品格。更进一步，"建设长征国家文化公园是探索新时代长征精神传承之路的重要举措，长征国家文化公园必将成为重要的文化地标"[1]。

高佳彬从地缘、文缘、情缘三个维度阐释了国家文化公园的文化内涵，也颇具启发价值。一是地缘。高佳彬从地理空间层面，在地缘上描构了国家文化公园的空间格局。他指出，长城纵横15个省（自治区），大运河纵贯8个省，长征跨越14个省（自治区），黄河流经9个省（自治区），不同行政区划因地理枢纽联结，形成了长城地带、运河流域、黄河流域、长征沿线地区等特定地理空间范围。这些地标彼此交错，以"一纵三横"的走向，基本架构了中国地理空间格局。二是文缘。从文化层面，高佳彬提出线性的地缘联系使不同的地域区块贯通，从而实现更广泛长久的文化扩散与流动。具体而言，"黄河河道流经地区贯穿起三秦、中州、齐鲁等不同的地域文化系统，长城连接起胡与汉、农耕与游牧等不同的文明区块，大运河首尾沟通吴越、淮扬、齐鲁、中原、燕赵等地域文化"[2]。三是情缘。在情感层面，国家文化公园是基于一种文化共同体意识下内在精神内核的提炼，高佳彬以黄河和长城为例提出，黄河南北岸的两大部族经过战争，融合形成中华"炎黄"两大部族，有着独特的、厚重的情感心理意义。长城边界特有的线性空间、边缘地带的双重性及流动性的特点，具有

---

[1] 杨娟、李静、秦兰珺、鲁太光：《长征精神论纲》，《艺术学研究》2021年第1期。
[2] 高佳彬：《地缘、文缘、情缘：国家文化公园的时空凝结》，《雕塑》2021年第2期。

外部分离和内部整合的作用，串联起历史上众多族群。"长城内外是故乡"已经成为各民族的普遍心理认知。

三、国家文化公园的规划建设研究

从国家文化公园的总体规划建设，到结合黄河、长城、大运河、长征国家文化公园各自特性及具体的区域个性的具体建设方案，研究者们见仁见智，集中围绕总体规划与具体建设方案这两大方面进行了广泛深入的探讨。

（一）国家文化公园建设的总体规划研究

在总体规划建设的研究中，笔者发现研究者们的观点集中于以下几点：一是规划先行、顶层设计；二是文化引领、遗产保护；三是统筹协调、重视特性；四是文旅融合、产业发展。

1. 规划先行、顶层设计

冷志明提出，建设国家文化公园要坚持规划先行，突出顶层设计，结合"十四五"经济社会发展规划和各类专项规划，科学编制国家文化公园建设保护规划，沿线各省区市也要结合实际制订具体实施方案，确保步调统一、上下一致、统筹推进。[①] 范周指出，自2017年首次提出"建设国家文化公园"，从中央到地方，围绕国家文化公园的规划建设工作便已展开。相关省区市在指导下编制了具体建设方案和规划纲要，推动试点建设

---

① 参见冷志明《国家文化公园：线性文化遗产保护传承利用的创新性探索》，《中国旅游报》2021年6月2日。

和项目落地，加快国家文化公园立法进程，建立健全建设标准体系，合理规划、设计和建设管控保护区，做好项目开发的前期调研工作，强化生态环境治理监督与评估。以大运河国家文化公园建设为例，大运河国家文化公园基本完成了顶层设计，构建了中央统筹、省负总责、分级管理、分段负责的工作格局。[①]李树信认为，国家文化公园规划建设要通过规划树立整体意识，明确各地不同的功能定位，发挥各自比较优势。[②]

2. 文化引领、遗产保护

范周认为，建设国家文化公园发力点是多途径挖掘文化价值，打造中华文化重要标志。他提出，国家文化公园建设应进一步系统梳理文化遗产资源，深度挖掘中华优秀文化价值，塑造中华民族的文化认同。[③]一要加快统计、分类、评估与定级，编制文化遗产资源保护利用名录，建立权威、统一、动态的国家文化公园文化遗产数据库。二要进一步凝练和挖掘其所承载的历史文化价值和时代内涵，因地制宜建设一批研学基地、博物馆、纪念馆，使其成为中华文化及精神研究、学习和传播的重要基地。三要建立国家文化公园融媒体传播体系，建设具有国家文化公园特色的系统化、标准化、联动化的视觉识别系统，推动中华文化传承传播。李树信强调，国家文化公园建设必须将文化遗产的保护、发掘和研究、阐发放在首位，坚持保护优先、抢救性与预防性保护并重，充分运用现代科技手段加强文化遗产和遗产环境的保护。[④]冷志明表示，建设国家文化公园要突出文化引领，强化保护传承，严格落实"保护为主、抢救第一、合理利用、

---

① 参见范周《高质量推进国家文化公园建设》，《时事报告》2021 年第 3 期。
② 参见李树信《国家文化公园的功能、价值及实现途径》，《中国经贸导刊（中）》2021 年第 3 期。
③ 参见范周《高质量推进国家文化公园建设》，《时事报告》2021 年第 3 期。
④ 参见李树信《国家文化公园的功能、价值及实现途径》，《中国经贸导刊（中）》2021 年第 3 期。

加强管理"的方针，真实完整保护传承文物和非物质文化遗产，要深化对长城、大运河、长征、黄河沿线文物和文化资源保护的法律问题研究和立法建议论证，为国家文化公园建设提供法律保护。[1]

3. 统筹协调、重视特性

李树信提出，建设国家文化公园要注重统筹协调、系统整合，国家文化公园建设涉及国家、省、市、县四级政府，宣传、文旅、文物、发改、自然资源等多个部门，需要建立多方协同的国家文化公园建设统筹机制，还要试点示范，有序推进。[2] 同时，要把握好国家文化公园的共性，注重核心价值体系的整体性和完整性，还要充分考虑国家文化公园的地域广泛性和公园内各区域文化多样性、资源差异性。王克岭的研究聚焦建设国家文化公园中的特性，他认为建设国家文化公园，要发挥好国家主体的主导作用和社会主体的独特价值，要激发社会主体的参与热情，显示他们的独特价值。他认为，要重视文化资源价值及功能等内容的分类研究与规划，对国家文化公园文化资源保护传承与开发利用工作分类施策，聚焦对本地居民、国内游客、国际游客等客体的主导需求研究。[3]

4. 文旅融合、产业发展

冷志明提出，要将长城、大运河、长征、黄河文化融入当代经济社会发展和人们对美好生活的追求中，以旅游驱动沿线经济社会高质量发展，一体化开发长城沿线塞上风光生态文化游、大运河沿线水上观光和滨水休闲游、长征沿线深度体验游和红色研学旅行、黄河沿线寻根溯

---

[1] 冷志明：《国家文化公园：线性文化遗产保护传承利用的创新性探索》，《中国旅游报》2021年6月2日。
[2] 李树信：《国家文化公园的功能、价值及实现途径》，《中国经贸导刊（中）》2021年第3期。
[3] 王克岭：《国家文化公园的理论探索与实践思考》，《企业经济》2021年第4期。

源之旅和农耕文明体验之旅。①范周指出，建设国家文化公园要深化文旅融合，满足人们美好生活需要，从文化产业和旅游产业、地方产业共融共建的角度做了阐述："一要打造特色文化和旅游产业。鼓励各地区持续整合优势文化旅游资源，将文化内涵与旅游体验深度融合，开发特色化、多样化、立体化的文化资源利用新模式，实现文化资源与旅游休闲、动漫影视、文艺作品等载体有机融合，构建文化旅游现代产业体系。二要抓住'新基建'发展机遇，与5G、沉浸式体验、大数据技术、人工智能等新兴前沿科技结合，加强国家文化公园数字基础设施建设，依托数字再现等基础工程创新文化展示、体验和消费方式，满足数字化时代民众对多元化、智能化的文化产品与服务的需要。三要推动文旅产业与地方特色产业、城镇建设、现代农业、传统工业、体育健身等业态融合发展，发挥文化和旅游产业对当地产业升级及周边乡村振兴的引领带动作用，形成区域发展新模式。"②

（二）国家文化公园具体建设方案研究

1. 针对黄河、长城、大运河、长征国家文化公园的建设方案研究

第一，关于黄河国家文化公园建设方案的研究。王利伟提出黄河国家文化公园建设保护需要处理好五个关系：国家标准与地方特色的关系，长期目标与短期成效的关系，政府引导与市场主导的关系，传统保护与现代运营的关系，公园建设与黄河战略的关系。他提出，高水平推

---

① 冷志明：《国家文化公园：线性文化遗产保护传承利用的创新性探索》，《中国旅游报》2021年6月2日。
② 范周：《高质量推进国家文化公园建设》，《时事报告》2021年第3期。

进黄河国家文化公园建设保护，一是建立统分结合、协调有序的国家公园管理体制；二是制定长短结合、面向实施的系统建设保护路径，按照一年谋划、三年建设、十年成型的时间表，制定黄河国家文化公园建设保护路线图，构建长短结合、面向实施的系统性建设保护路径；三是健全政府引导、市场主导的现代公园运营体系；四是构建全域全链、保障有力的多元要素支撑系统。[1]

除此之外，其他研究者对黄河文化公园的建设研究偏重于文化资源的保护、传承、利用。任慧表示，如何界定、纳入、展示以及与民共享黄河国家文化公园的文物和文化资源，是黄河国家文化公园建设必须首要解决的基础问题。她提出，面对国家文化公园这一创新性理念，应该突破原有思路，整合文化资源，包括文物，传统音乐、舞蹈、戏曲、美术、民俗等非物质文化资源，自然保护区、世界遗产区、历史文化名城名镇名村、文化生态保护区、传统村落等区域性文化资源，以及红色经典曲（剧）目、雕塑、美术等创作性的文化艺术资源。这些以不同的形式呈现和传播、传承的黄河流域文化资源，可以按照物质文化资源、非物质文化资源、文化遗产资源（农业、工业、红色文化等）和创作性文化资源进行分类，从黄河国家文化公园视野下再审视能够纳入这一体系的重要文化资源，尽早梳理核查，明确定性定位。任慧强调，深刻理解文化内涵、精准辨析文化资源是国家文化公园建设的基础。[2] 任慧对黄河国家文化公园文化属性的创新性转化的思考具有参考价值。

戴有山认为要用"黄河文化"筑牢黄河文化旅游发展之魂，打造黄

---

[1] 参见王利伟《高水平推进黄河国家文化公园建设保护》，《中国经贸导刊》2021年第13期。
[2] 参见任慧《高质量推进黄河国家文化公园建设》，《中国社会科学报》2021年9月2日。

河特色文旅品牌,用"黄河故事""黄河艺术"[1]推动文化旅游高质量发展。张凌云提出,黄河国家文化公园应该成为黄河文化的集大成者及研究交流中心,在展陈手段和内容上要有所突破,改变目前枯燥乏味的刻板讲解。他强调,黄河国家文化公园系统是集文化遗产(遗址)保护、科学研究、科学普及、文化教育、娱乐游憩、文化创意、文化传播等于一体的新型文旅产业综合体。[2]

第二,关于长城国家文化公园建设方案的研究。一部分研究者们的思考注重长城的特殊性,集中于长城国家文化公园的创新性建设。李大伟指出,长城国家文化公园的建设应打破传统的博物馆参观和旅游思路,创新展示形式。可以依托长城沿线丰富的文化和自然资源,建设国家北方步道。[3]范周表示,长城资源保护中尤为重要的一点,是游客的文物保护意识亟待加强。在长城刻字、野炊等损害古迹的行为,以及之前被叫停的夜宿长城旅游项目等,都反映了游客文物保护意识的薄弱。他以哈德良长城保护为例,提出针对这类问题,可以通过讲解、线上访问等传播方式为游客提供精神层面的参与机制,以亲身参与促进人们更好地珍视长城遗产。[4]长城国家文化公园相较于其他国家文化公园更具有实体性,范周对加强长城国家文化公园游客文物保护意识的思考,具有参考价值。刘素杰、吴星表示,长城国家文化公园建设是新时代文化建设的一项崭新举措,要创新形式为社会提供丰富的文化产品,把握特色,构建生动的长城

---

[1] 戴有山:《以黄河国家文化公园建设为契机 加快推动黄河城市群高质量发展》,《人民周刊》2021年第9期。
[2] 参见张凌云《黄河国家文化公园创建的几点思考》,《中国文化报》2021年7月20日。
[3] 参见李婷等《长城国家文化公园怎么建》,《光明日报》2019年10月9日。
[4] 参见李婷等《长城国家文化公园怎么建》,《光明日报》2019年10月9日。

阐释展示体系。①

另一部分研究者则把眼光投向了长城国家文化公园与沿线区域产业发展的关系上。董耀会指出,建设长城国家文化公园,既是一种经济外延式扩张的发展模式,更是要通过促进文化旅游和其他产业整体发展,要做到经济外延和文化内涵全面增长。②熊海峰提出,建设长城国家文化公园,要在保护优先的基础上利用好长城文化资源,打造世界级旅游景区和现象级文创精品,不断增强长城文化的时代风采与品牌魅力。③

第三,关于大运河国家文化公园建设方案的研究。王健认为,建设好大运河国家文化公园中需要协调文化公园建设与运河文化带建设,运河传统文化与革命文化、社会主义先进文化,大运河自然生态保护与文化生态保护,重点建设与一般建设,国家公园模式的世界经验与中国具体实践的五种关系。除此之外,王健强调,建设好大运河国家文化公园还要努力实现四大转换:一是从地理空间到文化空间的转换;二是从自然生态到人文精神的转换;三是从线型遗产到园带展示的转换;四是从生产生活到文化旅游的转换。④

龚良提出,建设国家文化公园要理解国家文化公园内涵。如建设大运河国家文化公园,需要将运河文物、运河沿岸的文化遗产和公园有机结合起来,创造出新的文化景观,服务于人民的美好生活。同时,坚持统筹规划与试点实践相结合,大运河国家文化公园建设是一个系统性的工作,不

---

① 参见刘素杰、吴星《建设国家文化公园,促进长城沿线区域绿色发展——以京津冀长城保护与传承利用研究为例》,《河北地质大学学报》2020年第5期。
② 参见董耀会《临洮长城国家文化公园与扶贫及经济发展关系的思考》,《河北地质大学学报》2020年第5期。
③ 参见熊海峰《一体化推进长城国家文化公园建设》,《中国旅游报》2020年12月22日。
④ 参见王健、彭安玉《大运河国家文化公园建设的四大转换》,《唯实》2019年第12期。

仅要高站位统筹规划，更要注重实践和总结试点经验。此外，还要运用创新形式重塑运河文化，既要具备文化景观要素的灵魂，也要塑造文化给予大众生活的美感，并且要做到从点做起生动展现。①

田林从景观建构的视角，提出了大运河国家文化公园景观构建的三个原则："大运河遗产周边景观营造应避免城市景观园林化"，"景观营造应基于对文化遗产的深度认知，景观设计应彰显遗产历史文化"，"需要遵循分类营造的原则"。田林还阐述了大运河遗产景观环境营造的主要方法，包括残缺修补法、微地形营造法、景观写仿复原法。对于大运河遗产周边景观营造实施，田林认为要注重整体景观提升和重要节点营造，他指出："我国大运河国家文化公园景观建构应体现对遗产地域文化内涵的承载作用，同时应为广大民众提供重要的文化休闲场所，这在当前形势下具有重要的现实意义。"②

第四，关于长征国家文化公园建设方案的研究。不同于黄河、长城、大运河国家文化公园均有可依托的物质实体，长征国家文化公园更多的是体现红色精神和长征历史事件蕴含的意义。研究者们纷纷注意到这一特性，围绕精神性和历史事件提出长征国家文化公园建设的方案。邹统钎等提出，长征国家文化公园建设要把握长征精神的保护与发扬的关系，坚持以保护长征精神为首要前提，持续发扬长征的时代精神，同时要把握长征文化产品的思政性与休闲性的关系，坚持长征国家文化公园的思政性，适当发展长征国家文化公园的休闲性功能。③ 长征精神的红色基因底色容易

---

① 龚良：《大运河：从文化景观遗产到国家文化公园》，《群众》2019年第24期。
② 田林：《大运河国家文化公园景观的建构方法》，《雕塑》2021年第2期。
③ 邹统钎、黄鑫、陈歆瑜：《长征国家文化公园建设发展要把握的五对关系》，《中国旅游报》2019年12月31日。

使长征国家文化公园具有较强的思政性而忽视了休闲性，从而影响民众对长征精神的吸收理解。

基于长征历史事件，王甫园等提出了长征事件片区的建设逻辑。他们提出，事件片区的概念不仅是一种文化和历史空间，而且是一种规划的体验空间，有利于提升长征国家文化公园的游客体验价值，加强其建设保护的管控和跨界合作。通过该概念的落地和不断修正，有望使长征国家文化公园建设保护的组织体系完善和成熟，使其像国家公园的概念一样站住脚、能推广，成为国家宣教体系、文化和旅游体制机制改革的重要组成部分。①

刘禄山在对长征国家文化公园四川段建设的条件基础和存在问题的分析之上，提出了对长征国家文化公园建设的路径思考。他认为，建设长征国家文化公园要全面统筹联动，高起点统一规划布局，保护利用并重，高标准打造文化品牌，加速文旅融合，全方位开发旅游产业，加强组织协调，高质量有序推进建设。②

2. 立足不同学科理论角度的具体建设方案的研究

胡一峰从文艺学的角度提出，国家文化公园建设要注意把握物质形态和精神形态的关系、历史传承与艺术再现的关系、现实生活与网络空间的关系。他表示，国家文化公园建设是一个重温我们民族辉煌历史的传承过程，更是一个聆听前贤先烈感人故事的艺术再现过程，必须综合运用文学、影视、舞台、造型等多样化的艺术手法，讲好长城故事、大运河故

---

① 参见王甫园、刘纯、邓昭明《长征国家文化公园事件片区规划构想》，《中国旅游报》2020年9月23日。
② 参见刘禄山、王强《关于长征国家文化公园建设路径的思考——以长征国家文化公园四川段建设为例》，《毛泽东思想研究》2021年第1期。

事、长征故事，实现文化资源的艺术再现。同时，充分发挥网络文化的互动性、浸入式特征，以网络游戏、互动小说等新的艺术样式，开发长城、大运河和长征主题的文化产品，让受众以身临其境的方式品味长城、大运河、长征的独特文化魅力。[①] 胡一峰对国家文化公园建设的思考注重文化内涵的创新性转化，对呈现和传播、传承国家文化公园的文化艺术资源具有参考价值。

杨莽华以叙事学视角阐述了国家文化公园历史空间的叙事结构的"结构叙事的时间性与空间性"，从语言叙事向空间叙事，从场所记忆到历史空间的三个维度。他提出，国家文化公园一个基本动因在于通过空间的综合划分，为国家重要的文化资源保护利用辟出专属领地，以保护一个或多个文化生态系统的原真性、完整性。而以叙事学视角看待这个系统，并非各项文化遗产甚至无形文化遗产的罗列总和，国家文化公园是在建立实施国土空间规划体系同步进行的，空间规划体系要构建的是空间治理和空间结构优化的体系，以主体功能区为基础，跨现有行政区划定包括文化生态空间在内的生态保护区。他强调，研究国家文化公园叙事结构的意义是要探寻文化生态系统的各要素之间形成的结构和网络关系，找到语言叙事和空间叙事中的秩序感、认同感，而对于文化生态系统中结构关系的认知和保护比保护遗产要素个体更为重要，因为结构的消亡意味着系统整体破坏。[②] 杨莽华从叙事学视角思考国家文化公园建设，对国家文化公园建立自身的话语叙事体系、空间叙事体系、整体叙事秩序感，建立民众对国家文化公园的认同感具有理论参考价值。

---

① 参见胡一峰《充分发掘三大国家文化公园建设的艺术价值和精神内涵》，《中国艺术报》2019年12月9日。

② 参见杨莽华《国家文化公园历史空间的叙事结构》，《雕塑》2021年第2期。

王克岭从营销宣传角度提出，在国家文化公园宣传推介方面，既要发挥大众传媒的主渠道作用，又要发挥新兴媒体和公共外交的独特功能，开展常态化宣传和推介活动。[1] 范周提出，将公共文化服务贯彻到国家文化公园建设中的设想，以建立起社会主义公共文化服务新的标识系统。[2]

国家文化公园是一个全方位的文化生态系统，期待更多的研究者从不同的学科背景出发，作出更多跨学科的交叉研究。

3. 在国家文化公园的建设方案中探索文化遗产的保护传承利用

彭兆荣将文化公园作为线路遗产实践的一种模式，认为文化公园的布局建设需要与国家公园、线路遗产、文化生态保护实验区等国际通行体系进行区分比较，厘清概念，确定价值。他阐述了"公园"作为遗产实践的模式、线路遗产的空间格局、红色线路遗产的"国家反哺"，探讨了文化及生态保护理念。他提出，"文化公园"并不仅仅是修建"公园"，"而是包含着一系列相关的重要价值：一是'文化复振'战略的具体性实践；二是在国际、国内文化遗产的基础上的'本土化'实验；三是'一带一路'的内向化作业；四是以长征为红色线路的'反哺'；五是以四个遗产为基础的'点—线—面'整体布局"[3]。

龚良从文化遗产的角度思考了大运河江苏段的建设问题，认为要保护恢复大运河文化景观遗产。通过实施遗产保护工程，加大对运河生态环境和人文环境的整治，同时在保护中积极改善环境、恢复大运河文化景观，提出要坚持将运河遗产保护与延续运河功能、城镇发展建设、历史文化展

---

[1] 参见王克岭《国家文化公园的理论探索与实践思考》，《企业经济》2021年第4期。
[2] 参见范周《国家文化公园建设塑造公共文化服务新标识》，《中国文化报》2018年6月26日。
[3] 彭兆荣：《文化公园：一种工具理性的实践与实验》，《民族艺术》2021年第3期。

示相结合。[①] 贺云翱、陈思妙通过对"文化线路"概念的产生、遗产案例、保护现状等几个方面的阐释，探析了文化线路遗产的保护和利用措施，提出中国"文化线路"所包含的兼具普遍性和特殊性的个体身份信息，建构了人群、种族间的统一性与多样性并存的文化特征。[②]

四、国家文化公园的管理体制机制的研究

九曲黄河、万里长城、二万五千里长征沿着不同的纬度向度横贯华夏东西，1797千米的大运河沿着经度向度纵贯中华南北。黄河国家文化公园、长城国家文化公园、大运河国家文化公园、长征国家文化公园，三横一竖像如椽大笔一般，在中华大地上书写出一个大大的"国"字，如此大手笔、大体量、大尺度彰显出以习近平同志为核心的党中央在实现中华民族伟大复兴的历史时刻的大格局、大胸襟、大气魄。国家文化公园的管理无疑是一项庞大、系统、冗杂的系统工程，对其管理体制机制问题，研究者们从不同角度、视域进行了探索。

张凌云认为，黄河国家文化公园从管理体制机制和手段方法上应该作为一个开放系统——黄河国家文化公园系统(Yellow River National Cultural Park System，YRNCPS)来进行管理。此外，张凌云还强调"充分发挥黄河国家文化公园联席会议制度的作用，在现有体制框架内，构建在文化和旅游部领导下的各省级政府文旅部门为主体的省际横向协调机制，省内各

---

① 参见龚良《大运河：从文化景观遗产到国家文化公园》，《群众》2019年第24期。
② 参见贺云翱、陈思妙《中国"文化线路"遗产有关问题初探》，《交通运输部管理干部学院学报》2020年第4期。

地市则以垂直纵向管理为主"①。张凌云提出把黄河国家文化公园作为一个"黄河国家文化公园系统"来进行管理，具有构建中华文化命运共同体的意识，结合现代信息技术，提出了一系列具有实践价值的路径措施。

白翠玲等从管理体系、运营体制、保护规划、相关法律法规这几方面全面分析了典型国家文化公园管理体制，最终提出长城国家文化公园（河北段）管理体制构建建议：一是建立中央＋地方＋市级区段＋保护点（景区）的四级管理体制；二是编制专项保护规划和管理规划；三是加大政府投入，逐步建立国家公园建设资金增长机制；四是规范国家文化公园的经营，实行管理权与经营权相分离的经营机制；五是适时出台专项法规，完善管理法律法规体系和标准体系；六是广泛宣传引导，强化政策督促落实。②

王健等从四个方面提出建立多方协同、高效直接的大运河国家文化公园建设统筹机制：建立统筹管理机制，建立科学评价机制，建立数字化信息管理机制，建立多主体广泛参与的协同管理机制。③刘晓峰等以江苏省大运河国家文化公园建设为范例，探索建构江苏省大运河国家文化公园省域管理体制的对策建议。文章从管理机构、参与主体、运行体制三个方面提出对策建议：一是尽快组建实体管理机构；二是明确多元主体权责；三是完善管理运行体制。④上述思考具有落地性、操作性，对国家文化公园在各级政府落实管理方面具有实践价值。

---

① 张凌云：《黄河国家文化公园创建的几点思考》，《中国文化报》2021年7月20日。
② 参见白翠玲、武笑玺、牟丽君、李开霁《长城国家文化公园（河北段）管理体制研究》，《河北地质大学学报》2021年第2期。
③ 参见王健、王明德、孙煜《大运河国家文化公园建设的理论与实践》，《江南大学学报（人文社会科学版）》2019年第5期。
④ 参见刘晓峰、邓宇琦、孙静《大运河国家文化公园省域管理体制探略》，《南京艺术学院学报（美术与设计）》2021年第3期。

五、结语

通过对国家文化公园研究的相关文献整理发现，2019年至今，国内有关国家文化公园研究情况具有以下特点：（1）从研究时间上看，时间短、成果多。在中国知网检索到，2018年12月之前相关论文有13篇，从2019年5月至2019年12月相关论文有24篇，从2020年1月至12月相关论文有有57篇，从2021年1月至2021年8月30日相关论文有81篇，从2019年至2021年，每年发表文章逐年增多，越来越多的研究者开始关注国家文化公园的研究，其中不乏思想内涵深度的高质量研究成果。（2）从研究主题上来看，内涵丰富，兼收并蓄。线性文化遗产保护传承利用、文旅融合、红色旅游、园林景观、数字化建设等主题都被关注，极大地丰富了研究的主题内涵。（3）从研究视域上看，内观自省、放眼环球。研究者们不仅从中华民族文化内观与中国本土实践中思考探寻国家文化公园具有中国特色的国家文化公园理论体系，并且观照借鉴相关国际经验。

国家文化公园作为全新理念，近两年来成果显著，同时也存在一些不足和遗憾：（1）从研究角度上看，缺乏对文化资源的挖掘和研究。现有的研究者专业和学术角度主要集中于旅游产业、遗产保护、公园设计规划等，但是国家文化公园不同于"国家公园""国家遗址公园""国家文化遗产公园"之处就在其特有的文化属性，应紧紧围绕"文化"做文章，研究者们需要在文学、历史学、艺术学、人类学、社会学、民俗学等学科领域的基础上进行跨学科、跨领域、跨维度的交叉研究，加强对国家文化公园文化资源的挖掘、释放、转换的研究。（2）从文献来源上看，存在刊发刊物层次不高、文章学术深度不足等现象。在现存的约200篇的研究成果中，有将近一半的文章是报纸刊发，核心期刊数量占比不足十分之一，刊物层次和文章学术深度有待提高，期待在更高层次的学术刊物上刊发出更多更具深度的学术成果。（3）从研究机构上看，地方高校及省市级研究机构参与研究较多，重点高校及国家级研究机构对国家文化公园的研究关注较少。（4）从具体研究领域上看，截至 2021 年 8 月 30 日，在中国知网上检索到黄河国家文化公园相关论文约 8 篇，研究成果数量最少。黄河历史悠久，文化内涵深刻，沿线文化文物资源丰富，关于黄河文化的研究已有不少研究成果，期待更多研究者聚焦黄河国家文化公园的研究。长城国家文化公园相关论文约 46 篇，但集中于整体建设研究，长城纵横 15 个省（自治区），具体分省、分区的长城段建设研究缺乏，现存成果中涉及地方长城段研究的集中于河北段，有 6 篇相关成果，其他省区需要加强研究。大运河国家文化公园相关论文约 44 篇，对大运河国家文化公园具体文化资源保护利用、创新性发展的研究不够深入。长征国家文化公园相关成果约 45 篇，多地方省区段的研究，缺乏整体建设规划的系统研究。

国家文化公园是新时代文化建设的全新探索，彰显了以习近平同志为核心的党中央对实现中华民族伟大复兴高瞻远瞩的文化站位，凸显了中华民族五千多年光辉灿烂文明和中国强大的文化软实力。建设国家文化公园要保护传承传统文化、研究发掘文化艺术内涵、加强文旅融合步伐、推进数字再现系统建设，实现文物和文化资源保护传承利用与协调推进，推动和繁荣中国特色社会主义学术体系、理论体系和话语体系建设。

诗与远方：新时代文化和旅游融合发展研究报告

汪 骁

2018年3月，国务院根据机构改革方案组建了新的文化和旅游部，随后各地也相继完成了文化和旅游部门的机构重组。这一系列重大机构改革举措在文化和旅游行业以及相关学术界内引起了热烈反响。人们普遍认为，这标志着我国进入了文化和旅游融合发展的新时代——或者用当时媒体上出现频率最高的一句话来说，"诗和远方"终于走到了一起。

然而，发生质变的前提在于量变的不断积累。应当清醒地认识到，虽然我们大可以将2018年组建文化和旅游部这一重大事件作为研究起点，但中国文化和旅游融合发展的历史起点和逻辑起点绝不在此。回顾40多年的发展历程，从过去的外事接待、创造旅游外汇收入，到如今的促进产业结构升级和拉动内需，中国旅游业完成了一系列重要转型，已然成为战略性支柱产业。然而，旅游体制改革却仍旧"在路上"。在十九大报告中，习近平总书记强调我国社会的主要矛盾已经发生了深刻变化。对于旅游业来说，这一重大论断既意味着新的挑战，也意味着新的机遇：挑战在于，我国目前的旅游产品质量仍需提高，旅游市场也亟待通过供给侧结构性改革实现旅游供给质量和效益的提升，从而激发和引导民众的旅游消费需求;而机遇也同样在于,中国借此将建成真正意义上的旅游强国,同时通过诸如推进完善旅游公共服务体系建设等多种措施,实现人民对美好生活的向往。[①] 在这样一个关键时刻,人民需要富含文化内涵的高质量旅游产品,更呼唤深层次的管理体制改革。而 2018 年文化和旅游部的组建,打破了长期以来文化和旅游系统之间的行政壁垒,也为新时代文化和旅游融合高质量发展提供了绝佳契机。

文化和旅游部的组建为文化和旅游融合奠定了体制基础。但这并不等同于文化和旅游的实质性融合,二者之间仍旧存在着发展诉求、内容、方式、主体和动力方面的诸多差异,由此引发了学术界探讨研究的热潮。[②] 如果我们在知网上以"文化和旅游融合"进行"篇关摘"(即同时包含篇名、关键词、摘要三个搜索条件)检索,可以发现近 20 年来相关学术期刊上发表的中文文献数量逐年增加,特别是自 2018 年以来相关研究数量急剧增加(见图 1)。

若从知识发生的角度而言,其实自改革开放之初,中国学术界就开始探讨文化与旅游的关系。例如,林洪岱在《论旅游业的文化特性》中提出要正确地认识旅游业的文化特性,使之适应于社会主义制度的本质、服务于广大人民群众的物质文化生活需要[③];陆立德、郑本法在《社会文化是重要的旅游资源》中列举了艺术、科教、宗教等九种可以转化为旅游资源的社会文化现象[④];白祖成则在《弘扬民族优秀文化的几个问题》中

---

① 参见夏杰长《如何把旅游业打造成幸福产业》,《经济日报》2018 年 1 月 25 日。
② 参见曾博伟、安爽《"十四五"时期文化和旅游融合体制机制改革的思考》,《旅游学刊》2020 年第 6 期。
③ 参见林洪岱《论旅游业的文化特性》,《浙江学刊》1983 年第 4 期。
④ 参见陆立德、郑本法《社会文化是重要的旅游资源》,《社会科学》1985 年第 6 期。

批判了当时部分国内旅游景点中传统文化"糟粕混杂甚至把糟粕当精华的现象"[①]。不过从图1中可以看到，直到21世纪初，我国学术界才开始对文化和旅游融合发展进行较大规模的阐释。这一特征最显著地体现在2018—2019年，即文化和旅游部成立的这一年：当年相关论文发表数量（1573篇）较上一年（即2017—2018年的995篇）猛增了58.09%。在大量的文献资料当中，我们选取了一部分紧扣时代主题、突出热点领域、独具创新价值的研究成果以飨读者。尽管这些文章不足以概括当下文化和旅游融合研究的完整面貌，但我们希望通过以下的总结能够抛砖引玉，引发更多思考。

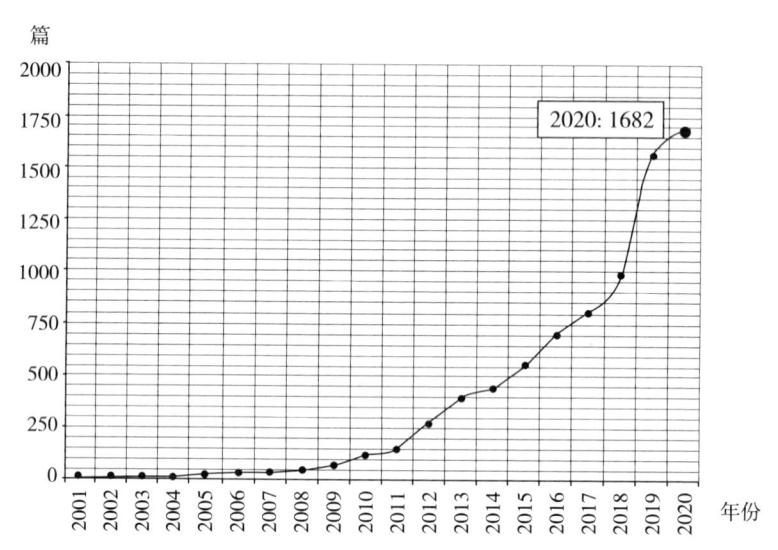

图1 以"文化和旅游融合"进行"篇关摘"检索所得论文数量年度趋势
（检索条件为近20年内发表在学术期刊上的中文文献）[②]

---

① 参见白祖成《弘扬民族优秀文化的几个问题》，《民俗研究》1995年第1期。
② 数据来源：中国知网。检索时间：2021年1月1日。

一、当前文化和旅游融合发展的研究特点

（一）时代特色鲜明，现实针对性强

旅游学科具有极强的现实指向性，而紧扣新时代机构改革的大背景，也是当前诸多研究成果的共通之处。在文化和旅游部刚刚组建之时，戴斌就旗帜鲜明地提出了"以人民为中心，开创文化和旅游融合发展新时代"。在改革开放的40年间，中国从旅游资源大国成功转变为旅游大国，目前正在向旅游强国的新目标不断迈进。他指出，不同于以往创造外汇收入和拉动经济增长的导向，在新时代背景下，文化和旅游应当共融共生、相互促进，目的都是满足人民对新时代美好生活的向往。而要实现这一目标，就需要坚持以人民为中心，对旅游资源、市场和需求进行充分调研，最终实现市场开发与政府治理、社会发展与人民幸福、企业经营和社区发展等多方面统筹兼顾。[1]

事实上，尽管学者针对文旅融合展开了热烈讨论，但它却是一个不易破题的研究领域，其中仍存在着大量尚未彻底阐释的概念和悬而未决的问题。正如宋瑞所言，当前研究中存在两个问题：一是关于文化和旅游的关系缺乏严谨的学术论证，二是尚未有人较为全面地回答文化和旅游为何而融、如何融合。对于这两个问题，她首先分别针对"文化"和"旅游"进行了概念界定，认为这两个概念内涵复杂、外延广阔，因此"要做出精准、全面、不同主体一致认同、古今中外皆可通行、所有场合均能适用的界定几无可能，也似无必要"。所以她进一步建议在讨论这两个概念及梳

---

[1] 参见戴斌《以人民为中心　开创文化和旅游融合发展新时代》，《中国旅游评论》2018年第1期。

理彼此关系时，必须事先对具体语境和场合加以严格限定。作者接着又分别从本源层面、机理层面、管理层面、发展层面、载体层面、支撑层面和效果层面对文化和旅游融合进行了多维度的阐释。在最后一部分，作者提出在认识和政策层面上需要处理好"四对关系"（即共性与个性、事业与产业、政府与市场、游客与居民），提供"六方面支撑"（即体制机制、法规政策、产业统计、人才教育、资金支持、理论研究），系统而又全面地阐述了文化和旅游融合发展的必要性和重要性。[1]

许多学者已经指出，文旅融合不仅仅是一项产业政策，更具有社会、文化、民生等宏观层面的战略意义。傅才武便将文旅融合放在更为高远的视角中进行考量，点出了文旅融合在国家文化建构方面的价值。他认为文旅融合的目的不只是实现两个产业的融合，而是要"实现文化和旅游两大主业发展基础上国家文化身份建构的目标"，因此文化和旅游融合的内在逻辑，就不光是寻找个人的身份认同，更是要寻求民族和国家的文化认同。文化旅游的吸引物（作者称之为"文化旅游装置"）是占据了一定地理空间的"人类社会文化记忆的储存和符号价值载体"。通过文化旅游行为，旅游者完成了与旅游装置的交互过程，一方面产生了个体性的情感性体验，另一方面也建立了个人的文化身份认同与国家、族群的身份认同的桥梁。在这一过程中，"旅游者个体找到了对于自我的解释和自我文化身份建构的历史合法性来源"。[2]

崔凤军和陈旭峰则以文化和旅游两大部门合并为研究起点，从功能、资源、市场、行政、人才五个维度探讨了文旅融合何以可能。在两位作者

---

[1] 参见宋瑞《如何真正实现文化与旅游的融合发展》，《人民论坛·学术前沿》2019年第11期。
[2] 参见傅才武《论文化和旅游融合的内在逻辑》，《武汉大学学报（哲学社会科学版）》2020年第2期。

看来，文化和旅游都能够促进人的全面和自由发展，因而在价值和功能方面奠定了文旅融合的基础。在资源维度上，文化和旅游更是具有亲和力，而提高旅游活动的文化内涵，既能够让旅游资源在激烈的市场竞争中脱颖而出，也与当前我国文旅发展从"有没有、缺不缺"到"好不好、精不精"的转变过程相适应。从市场和产业的角度，两位作者认为旅游增加了文化的生命力和影响力，也扩大了其传播范围。在当代社会，文化价值"增殖"的主要途径之一便是旅游。两者融合既有助于文化产业进一步发展，也有助于传统文化的保护、传承和创新，更有助于构建中华优秀文化的传播和交流平台。作者还分析了文化和旅游两大行政管理部门合并后产生的积极效应，同时也提醒人们注意合并后可能引发的问题。最后作者指出，文旅融合有助于解决旅游人才供需脱节的问题，并且对中国旅游学科的未来发展加以展望，建议"如果文创专业与旅游管理专业融合，形成一个文旅学科，这将是中国特色学术研究的原创性贡献"。[1]

目前文化旅游研究文献数量之多，常常令初涉此领域的学者感到困惑，而张苏秋等人的研究成果填补了这一空白，为研究者们绘制了一张知识地图。作者在分析了知网 CSSCI（1998—2019 年）的数据后，利用文献计量学的共词分析方法和可视化技术构建了关键词知识图谱，形成了较为完整的关于文化旅游融合的研究框架。在分析过程中，作者还提出将文化旅游研究分为"文化朝觐"和"去文化"两大派系的分类方式。作者将"文化朝觐"界定为一种以探访目的地文化内容为主要目的的旅行形式，因此相关研究更侧重于文旅融合；"去文化"则指的是一种现象，即旅游

---

[1] 参见崔凤军、陈旭峰《机构改革背景下的文旅融合何以可能——基于五个维度的理论与现实分析》，《浙江学刊》2020 年第 1 期。

者在旅游过程中只关心休闲娱乐或社会交往，不太在意目的地的文化价值和内涵，因而相关研究也更偏向传统的旅游领域。无论是"去文化"还是"文化朝觐"，其实都是"文化旅游融合发展不同演化阶段的策略选择"，不存在优劣之分。但就文旅融合这一主题而言，建议未来研究应当侧重于"文化朝觐"方面，并且围绕增加文化旅游的多样性，文化的私有化和过度商业化，新技术在文化旅游体验中的应用，文化旅游在全域旅游中的角色、地位和发展模式四个问题进一步探讨。[1]

总而言之，当前文旅融合研究具有突出的时代特征和鲜明的中国特色，研究者皆致力于解决中国文化和旅游发展道路上面临的现实问题。尽管仍存在基本概念不清晰、学科知识谱系不完善等缺憾，但相信随着研究逐步深入，上述问题也会逐一化解。

（二）议题覆盖广泛，热点领域突出

旅游学科的研究范围横跨多个领域，天生便具有综合属性，而广义上的文化研究更是海纳百川，因而文化和旅游融合研究也呈现出多元化的特征。如徐翠蓉等所分析的，当下的研究已逐步转向多元主题，各种文化形态均不同程度地受到学者关注，"呈现出从对有形文化转向无形文化，从对传统文化转向大众文化、创意文化关注的研究趋势"。[2] 从主题分布来看，目前涉及主题主要有产业融合、乡村振兴、文化旅游、全域旅游、文化创意、非物质文化遗产、红色旅游、旅游演艺等领域。其中研究成果较

---

[1] 参见张苏秋、顾江、王英杰《文化旅游融合发展研究知识图谱分析——基于知网 CSSCI(1998-2019)数据》，《南京社会科学》2020 年第 4 期。

[2] 参见徐翠蓉、赵玉宗、高洁《国内外文旅融合研究进展与启示：一个文献综述》，《旅游学刊》2020 年第 8 期。

为突出的有红色旅游、乡村旅游、文化旅游产业、公共文化服务、文旅数字化等几个方面。

作为未来我国文化领域的建设重点，红色旅游和乡村旅游均被列入了《中共中央关于制定国民经济和社会发展第十四个五年规划和二〇三五年远景目标的建议》中。2021年5月，习近平总书记在《求是》上发表署名文章，强调"要把红色资源作为坚定理想信念、加强党性修养的生动教材，讲好党的故事、革命的故事、根据地的故事、英雄和烈士的故事，加强革命传统教育、爱国主义教育、青少年思想道德教育，把红色基因传承好，确保红色江山永不变色"[①]。这充分说明传承红色文化的必要性和促进红色旅游的重要性。进入21世纪后，在党中央和各级地方政府的大力倡导下，红色旅游一直保持着强劲的发展势头，而文旅融合无疑又为红色旅游添加了新的发展动力，学界也积极对这一旅游形式背后的社会和文化意义加以阐释。如徐克帅在《红色旅游和社会记忆》中提出，应当重视红色旅游在社会层面上的影响，即"在促进社会群体价值传承与交流上的作用"。作者在文中引入符号系统和社会记忆建构过程理论：历史上发生的红色事件经过适当的编码，形成了一套动态的符号系统，并依托恰当的传播媒介，构成整个社会的红色记忆。在这个过程中，记忆符号的选择、传播以及红色记忆的重演环节至关重要。[②] 张红艳和马肖飞在针对武乡八路军太行纪念馆的实例研究中利用建模进行了实证分析，认为红色旅游可以通过"旅游活动—旅游体验—文化认同"的路径，深刻影响旅游者的国家认同；而不断重复的红色旅游活动能够进一步加深文化和政治记忆，增强

---

① 习近平：《用好红色资源，传承好红色基因，把红色江山世世代代传下去》，《求是》2021年第10期。
② 参见徐克帅《红色旅游和社会记忆》，《旅游学刊》2016年第3期。

国家认同，对中华民族的伟大复兴意义重大。同时，他们还从"产品开发形式""氛围和仪式感""真实性的舞台化""独特性""解说系统"等方面提出了对策建议，以强化红色旅游在加强国家认同方面的作用。①

在乡村旅游研究方面，一些学者从理论分析的角度入手，尝试建构新时代乡村旅游和文化融合发展的框架和路径。刘玉堂和高睿霞认为，在全面实行乡村振兴战略和文旅融合的背景下，作为乡村经济重要支柱的乡村旅游迎来了升级转型的重大契机。在肯定了当下乡村旅游发展势头良好的基础上，作者归纳了目前乡村旅游所面临的问题，提出解决这些问题的关键在于重拾乡村的文化记忆，打造乡村特色文化空间。作者进一步建议从建立有效的市场需求反馈机制、丰富乡村文化旅游形式、完善乡村公共基础设施建设、健全乡村特色文化创新机制四个角度思考对策，从而真正提高乡村文化的核心竞争力，保障乡村旅游健康持续成长。②赵海荣等则将乡村旅游与创意旅游理念和集群共生理论联系在一起，利用区域（廊道）—节点—要素的乡村创意旅游开发模式，分宏观、中观和微观三个层次提出了古村落群创意旅游开发路径，对乡村旅游建设具有很强的现实指导意义。③另一些学者则从案例分析入手，例如耿松涛和张伸阳以海南岛文化旅游产业开发为例，分析了如何通过文化要素将主题形象、产业发展与产品供给有机统一起来，打造差异化、特色化的乡村文化旅游发展模式，促使乡村旅游和文化产业协同发展，并最终得出结论："乡村振兴可持续发展，只有让村民在旅游发展中获益，才能让

---

① 参见张红艳、马肖飞《新格局下基于国家认同的红色旅游发展》，《经济问题》2020年第1期。
② 参见刘玉堂、高睿霞《文旅融合视域下乡村旅游核心竞争力研究》，《理论月刊》2020年第1期。
③ 参见赵海荣、于静、周世菊《创意旅游与集群型古村落再生：模式与路径研究》，《经济问题》2020年第9期。

目的地健康发展,进而更好地促进乡村旅游地转型"。①

除了上述主题外,文化产业和旅游业如何在新时代文旅融合的背景下茁壮发展也得到了不少研究者的关注。陈少峰和侯杰耀在《文化旅游产业的最新发展动向》开篇便指出,文化旅游产业具有自身独特的市场运作逻辑,并非两个产业的简单叠合。作者在对文化旅游产业发展的五个驱动力和消费趋势进行分析后,认为未来文化旅游企业应当侧重 IP、品牌形象、互联网平台等轻资产并以此为核心,重视文化旅游产业链开发,开辟出中国文化旅游产业的可持续发展空间。②张胜冰同样指出,文旅深度融合绝不等同于文化和旅游的简单叠加。他从文旅融合的内在机理与本质要求入手,强调真正意义上的融合是"通过系统内部的耦合关系促成两者在系统要素上密切关联"。在证明文化和旅游可以通过相互融合实现互赢后,作者论述了文旅融合的基本模式及存在的问题,并指出应当遵守的产业开发逻辑。③徐翠蓉等则将文旅融合与"一带一路"倡议两大热点议题联系起来,对"一带一路"沿线省份旅游业与文化产业耦合协调度及相对发展状态进行了分析。作者发现"一带一路"沿线 18 个重点省份的旅游业与文化产业综合发展水平差异较大,旅游业发展水平呈现出"东南高、西北和东北低"的态势,而文化产业发展格局也基本相同。旅游业与文化产业耦合关系明显,但耦合协调性均未达到"优质协调",部分省份甚至存在严重失调的现象,且"陆上丝绸之路"沿线省份的产业耦合协调度要低于

---

① 参见耿松涛、张伸阳《乡村振兴背景下乡村旅游与文化产业协同发展研究》,《南京农业大学学报(社会科学版)》2021 年第 2 期。
② 参见陈少峰、侯杰耀《文化旅游产业的最新发展动向》,《艺术评论》2018 年第 12 期。
③ 参见张胜冰《文旅深度融合的内在机理、基本模式与产业开发逻辑》,《中国石油大学学报(社会科学版)》2019 年第 5 期。

"海上丝绸之路"沿线省份。在旅游业和文化产业的相对发展状态方面，不少省份存在着相对发展不平衡的问题，阻碍了文化产业和旅游业的进一步融合。作者最后提出，政府应为市场和产业发展提供便利，结合本省优势做好产业规划和政策引导的功能，因地制宜地推动文旅深度融合、协调发展。①

目前，博物馆游、图书馆游等新兴文化旅游形式在全国各地蓬勃发展，到热门文化地点"打卡"成了年轻人热衷的休闲娱乐活动，因此新时代背景下如何打造文旅融合的公共文化服务新模式，让旅游活动与文化保护、传承及开发有机结合，也自然成了学界热议的话题。毕绪龙盘点了关于文化和旅游公共服务融合的探索经验，认为公共文化服务在乡村旅游、红色旅游、旅游演艺、研学旅游、健康旅游、全域旅游等旅游业态和产品中发挥的作用正日益凸显，但也坦言融合过程中还存在着"缺乏文化和旅游双向融合理念、缺乏顶层设计、缺乏融合发展的深度和广度等问题"。作者还特别关注了新冠疫情对于文旅融合的影响，认为这场疫情既是对公共文化服务能力的考验，也给公共文化服务与旅游融合提出了新挑战。新冠疫情期间，各地公共文化服务机构纷纷通过线上办展、全景 VR 展厅等多种途径向公众提供服务，但也暴露出社会服务能力不足、缺乏"互联网 + 公共文化服务"思维、传统服务方式失灵等问题。要解决上述问题，就需要在遵守文旅融合"宜融则融，能融尽融"这一大原则的同时，在实践中积极推进创新举措。②李国新和李阳认为，公共文化服务和旅游公共服务

---

① 参见徐翠蓉、张广海、卢飞《我国"一带一路"沿线省份旅游业与文化产业的耦合协调发展》，《中国石油大学学报（社会科学版）》2019 年第 4 期。
② 参见毕绪龙《公共文化服务和旅游融合发展的实践探索和路径思考》，《文化艺术研究》2020 年第 4 期。

在概念界定、主要内容等方面既有交集，也有差异，所以应当秉持"宜融则融、能融尽融"的方针，思考两者融合的切入点，最终归纳出 6 个可以作为公共文化服务和旅游公共服务融合的切入点。① 苗宾则将目光聚焦于博物馆游方面。他首先梳理了国内外博物馆旅游研究的历史和现状，认为应当加强关于学科建立、规律性研究、发展趋势等方面的理论建设。作者紧接着分析了博物馆游的时代发展机遇，提出通过实施博物馆供给侧（即博物馆展览和文化创意产品开发）结构性改革、举办类型丰富的展览展示、打造"智慧博物馆"、运用现代营销手段等具体措施解决当前博物馆发展不平衡不充分问题，实现公共文化服务和旅游业的双向赋能和价值共享，满足人民群众日益增长的文化需求。②

随着 5G 技术、人工智能、区块链等技术革命的兴起，数字技术为许多传统产业赋予了新的动能。国务院办公厅印发的《关于进一步激发文化和旅游消费潜力的意见》也将文旅数字化列为未来我国文化和旅游工作的重点，提出"促进文化、旅游与现代技术相互融合"。戴斌在《数字时代文旅融合新格局的塑造与建构》中分析了数字化给文化和旅游行业需求端、供给侧、公共服务和行业监管领域带来的改变，同时也指出当前数字文旅活动中存在一定程度的过热倾向和非理性成分。作者最后总结道，需要加强政策支持与学科建设，加大市场导向的研发投入，在文旅数字化过程中坚持以游客为中心，使数字革命真正普惠民众。③

综上可以看出，文化和旅游融合研究既给研究者带来了挑战，也产生了机遇：挑战在于，这将给原先的研究范式、理论和方法带来冲击；而机

---

① 参见李国新、李阳《文化和旅游公共服务融合发展的思考》，《图书馆杂志》2019 年第 10 期。
② 参见苗宾《文旅融合背景下的博物馆旅游发展思考》，《中国博物馆》2020 年第 2 期。
③ 参见戴斌《数字时代文旅融合新格局的塑造与建构》，《人民论坛》2020 年第 Z1 期。

遇也正在于，通过两个研究领域的碰撞，可以衍生出崭新的探索领域，迸发出全新的思维火花。

（三）实证色彩鲜明，成果不乏新意

文化和旅游融合研究处于社会科学和人文学科的交叉领域，因此成果既呈现出浓厚的实证主义色彩，又富有人文研究的深刻洞见。在实证性研究方面，研究者从社会学、地理学等学科中汲取营养，灵活运用实地调研、计量分析、空间分析等多种研究方法。唐晓云分析了发生在广西龙脊平安寨中的旅游行为对当地社会文化的影响。她在借鉴了阿布勒（Ronald Abler）的文化接触态度与行为关系模型的基础上，构建了社区居民对古村落旅游社会文化影响的态度与行为关系模型。作者通过调查问卷的方式分析居民的主体因素（包括居民的文化认同和居民的旅游参与程度）与居民对旅游社会文化影响感知、社区发展满意度及行为倾向之间的关系，并呼吁"从思想上充分认识居民对古村落文化传承的重要作用"，"构筑旅游开发背景下以居民为主体的古村落社会文化生长空间"。[①]

郭文在关于惠山古镇旅游空间生产及其形态转向的研究中运用了田野调查法和访谈法，是一篇逻辑缜密、证据翔实，同时也具有反思精神的成果。他梳理了惠山古镇空间的生产过程，提炼出古镇旅游空间生产的机理，认为资本、权力等要素是推动古镇空间生产和重构的决定性力量，总结了旅游空间生产背景下传统空间形态和特色消亡的原因，最终提出了关于社区性文化古镇旅游空间生产的一条原则："……古镇空间如何自

---

① 参见唐晓云《古村落旅游社会文化影响：居民感知、态度与行为的关系——以广西龙脊平安寨为例》，《人文地理》2015年第1期。

洽不取决于消费主义文化,而要看旅游作为古镇日常生活是否包含社会、经济、文化和政治等多维因素,以及能否将其内嵌于古镇空间生产过程之中。"①

自 2016 年习近平总书记在哲学社会科学工作座谈会上提出加快构建中国特色哲学社会科学"三大体系"以来,许多学者都对中国研究和西方理论之间的关系进行了反思。诚如谢伏瞻所言:"构建中国哲学社会科学理论体系和话语体系,不能照搬西方国家的哲学社会科学理论,或跟在西方后面亦步亦趋"②,现实当中中国学者在吸收、移植西方社会理论的同时,也在努力使之"本土化",取得了不少学术创新,下面几位作者便是这样的例子。

张朝枝和朱敏敏从身份认同的视角出发,分析了文化和旅游关系的多层次内涵,指出了文化和旅游关系各个发展阶段所面临的挑战和践行路径。作者提出,当前虽然涌现出不少关于文旅融合的思考,但"对文化和旅游关系的历时性反思却比较缺乏,进而影响了对文化和旅游关系的完整理解"。在分别对中西方文化语境中文化和旅游关系的认识进行梳理后,作者得出结论:(1)旅游者追求身份认同是文化与旅游关系的起源,而文化具有表征身份的功能,这就为文化向旅游资源的转化提供了初始动力;(2)在文化与旅游的关系逐步发展的过程中,也并不是所有的文化都适合转化为旅游资源,因此,如何恰当地向旅游者展示文化,或者说面向游客的文化可参观性(visitability)生产,就成了关键性议题;(3)在进一步提升文化与旅游的关系时,由于旅游使得文化不断地商品化,因而形成

---

① 参见郭文《社区型文化遗产地的旅游空间生产与形态转向——基于惠山古镇案例的分析》,《四川师范大学学报(社会科学版)》2019 年第 3 期。
② http://www.qstheory.cn/zhuanqu/bkjx/2020-01/19/c_1125481699.htm。

了文旅产业链。上述三个层次逐级递进，构成了文化和旅游"从资源到产品、从产品到产业"的融合关系。在文章的第三和第四部分，作者还逐一分析了这三个层次分别面临的挑战，并且有针对性地提出应对策略。

近几年，场景理论在城市创意空间、公共文化领域等方面发挥着创新性作用。"场景"（scenescape）这一概念源于20世纪90年代芝加哥大学教授特里·尼科尔斯·克拉克（Terry Nichols Clark）的著作《作为娱乐机器的城市》（*The City as an Entertainment Machine*）。一些国内研究者尝试将场景理论移植到中国的文化旅游领域中，取得了一定的学术创新。如刘东超在对南锣鼓巷的研究从空间、设施、人群、活动、价值观和政策六个角度进行了分析，认为这一地区所代表的正是场景理论致力研究的"工业化和后工业化、生产实践和消费实践、文化追求和功利追求的混合场景"。作者最终得出结论认为该地区内部充满了张力，构成了一幅复杂而又多变的文化场景；而南锣鼓巷本身又可谓是北京城市发展的一个缩影：它一方面说明北京的城市化进程还在不断推进，另一方面又显现出许多后工业城市具有的消费特征和类型（如观念消费、符号消费等），所以"南锣鼓巷当前时空点上的建设和治理表征着北京城市的动力结构"。[①]

闫丽源从另一个角度对未来中国旅游的文化场景建构进行了思考。她认为，旅游场景在精神性的文化体验和物质性的旅游景点之间充当着枢纽。人们前往某一景点参观并不是为了"确认现场的物质结构"，而是为了获得"对旅游景点的文化象征内涵、历史沿革与眼前旅游场景结构对应关系的体验"。人们在旅游过程中体验符号化的旅游场景，形成了"体验和重构交替并置的文化场域"。这一文化场域并非一成不变，而是会随着

---

① 参见刘东超《场景理论视角上的南锣鼓巷》，《东岳论丛》2017年第1期。

历史变迁不断演化。作者强调，在当前的历史条件下，中国的旅游文化场域变迁主要取决于两大因素，一是庞大的文化旅游需求，二是日新月异的互联网技术革新。随着我国主要矛盾的转化，旅游场景的建设应当以上述因素为契机，从资源梳理、理论研究、政策制定、技术支持等方面入手，最终形成一套可以激活传统文化旅游资源的中国方案。①

熊海峰和祁吟墨运用"共生理论"分析了当下文化和旅游融合发展的共生条件、共生单元、共生界面、共生模式和共生环境，并以大运河文化带为例，分析了当前文化和旅游融合的现状和面临的问题。作者提出，首先，当前大运河文化带文化和旅游融合发展主体间的共生理念还比较淡薄，尽管大运河沿线文化遗产众多，但文化遗产保护和旅游开发尚存在种种矛盾，致使理念和实践之间存在着很大的张力，阻碍了文旅的深度融合。其次，目前的文旅融合未能催生新的产业和业态，"只是现有业态的简单叠加，未能实现更深层次的、从制度到金融到组织机构的有机融合"；此外，文旅融合也未能与新型城镇建设、乡村振兴、产业升级等领域有机融合。在策略建议方面，作者提出应当构建统一的资源共享平台，提高区域合作质量，积极发掘旅游产品的文化内涵，加强基础设施建设和人才队伍培养，优化市场环境，完善相关政策法规体系，推动文旅与其他领域互促提质、与国家战略对接和国际交流互鉴。②

关于旅游对东道主社区影响研究，早年间学者普遍认为，旅游活动会破坏东道主社区的文化，旅游产业让当地文化失去了本真性，金钱的力量导致了一种"伪文化"的诞生。但人类学家却带来了一种不同的视角。周

---

① 参见闫丽源《虚实之镜：文化体验中的旅游场景建构》，《艺术评论》2018年第12期。
② 参见熊海峰、祁吟墨《基于共生理论的文化和旅游融合发展策略研究——以大运河文化带建设为例》，《同济大学学报（社会科学版）》2020年第1期。

星通过对贵州某苗族村寨的考察，分析了不同文化如何在旅游场景中通过交易商品、提供餐饮或是展示房屋、服饰和劳作等方式进行交流。对人类学家而言，旅游场景为考察东道主社区的文化变迁提供了绝佳机会。以苗族歌舞表演为例，原先村寨里"并没有剧烈地抛甩头发的舞蹈，但为了增加观赏性和视觉冲击力，就把其他地方的一种粗犷豪放的舞蹈也搬到这个村寨演出"。但村里的年轻人并不知晓这一变迁过程：对新一代村民而言，这种外来舞蹈甚至"要不了几年，它们就都是自己村寨值得自豪的传统文化了"。而这种原本只在"非常"时节才会举行的村寨活动，如今也由于游客的频繁光临变成了日常行为。对于这种变化是好是坏，作者并没有匆忙下结论，而是指出游客不仅给当地带来了旅游收入，也带来了外界的文化；不光是旅游者在旅游过程中受到东道主社区文化的感染，当地居民也面临着外来文化带来的影响。而且，外界文化给当地带来的影响是否全然是负面的，这也有待商榷。"因此，旅游场景实质上也是一种异文化相互接触、相互涵化的过程"。作者进一步提出，这种文化变迁其实并非外界强加，而是东道主社区自主选择的结果，他将这种变迁归纳为"文化展演的逻辑"。这一观点为日后的旅游文化研究提供了一条新的阐释途径。而作者在余论部分提出的建议——"在注重旅游者切身感受的同时，也应该关注到那些'活文化'的承载者亦即旅游目的地社区居民的感受"，也很值得旅游政策制定者进一步考量。[①]

[①] 参见周星《旅游场景与民俗文化》，《西北民族研究》2013年第4期。

二、存在的问题和缺憾

目前有关文化和旅游融合发展的文献数量不胜枚举，佳作更是比比皆是。然而在《文旅融合四象限模型及其应用》一文中，马波和张越用"三多三少"精练地概括了当前文化和旅游融合发展研究中存在的问题：

> 一是政策解释多，理论探索少，迄今尚未形成指导实践的系统化理论思想；二是旅游学者关注多，文化学者参与少，研究成果多从旅游产业发展的视角切入，带有浓郁的器用色彩；三是概念歧义多，争鸣批评少，人们在不同的尺度上使用文化概念，自说自话，学界与业界缺乏交流与共识。①

"政策解释多，理论探索少"，说明目前的研究成果更多是对已出台政策的分析，而对政策背后的理论支撑认识不足，因此在学理性上不够深入。"旅游学者关注多，文化学者参与少"，则表示目前的文化和旅游融合研究以解决旅游产业中的实际问题为主要目标，文化领域的思考则处于相对次要位置。"概念歧义多，争鸣批评少"或许是最为尖锐的批评意见，它意味着这一领域的学者尚未形成具有自明性的概念，学术界看似众声喧哗实质上却陷入了"失语"，以至于真正有价值的学术交流都十分罕见，更难以为实践提供有价值的指导。

当下的研究状况是否真如上述两位作者所言？在以下这一部分中，我们将对目前文化和旅游融合发展研究中存在的问题加以初步探讨。我们并

---

① 马波、张越：《文旅融合四象限模型及其应用》，《旅游学刊》2020年第5期。

不妄图在这短短的万余字中彻底解决这些庞大而又繁杂的问题（这实在是超出了作者有限的能力范围之外），而是更希望借这一机会引发更多思考。

旅游活动具有高度综合性的特征，而就文化和旅游融合发展这一研究议题而言，旅游的经济属性和文化属性都显得尤为重要。早在20世纪80年代，于光远就在《旅游与文化》一文中提出了"旅游业是带有很强文化性的经济事业，也是带有很强经济性的文化事业"①的论断。旅游研究也在很大程度上因袭了旅游活动所具有的高度综合性特质：随着改革开放后中国旅游业的勃兴，不同研究方向的学者也紧跟这一发展势头，开始了40余年漫长的旅游学科建设和学术探索。在这一过程中，研究者们一方面积极从事译介工作，将当时国外的先进研究成果引入国内，这其中有《旅游与接待业研究手册》(*Travel, Tourism and Hospitality Research: A Handbook for Managers and Research*)、《旅游营销与管理手册》(*Tourism: Marketing and Management Handbook*)、《旅游分析手册》(*Tourism Analysis: A Handbook*)及《休闲与旅游研究方法实用指南》(*Research Methods for Leisure and Tourism: A Practical Guide*)。②另一方面中国学人在译介过程中也博采众长，撰写了最早一批国内旅游学科的基础教材。据刘德谦统计，仅20世纪80年代至90年代我国学者就编写出版了18种旅游教材，其中一些（如李天元等的《旅游学概论》、谢彦君的《基础旅游学》、林南枝等的《旅游经济学》、刘振礼的《旅游地理》）更是几经扩充修订，成为当今全国高校公认的经典教材。③从以上事实中不难看出，这一时期无论是引入国内的西方经典学术著作，抑或是国内学者编写的基础教材，都

---

① 于光远：《旅游与文化》，《瞭望周刊》1986年第14期。
② 参见吴必虎、张骁鸣《旅游学科的理论和方法基础》，《旅游学刊》2016年第10期。
③ 参见刘德谦《中国旅游70年：行为、决策与学科发展》，《经济管理》2019年第12期。

集中在旅游市场营销、旅游管理和旅游经济等领域,其用途也更具有实用性,即为旅游经营活动或整个旅游业的发展提供具有实践意义的参考资料。

同一时期,来自社会学和人类学等领域的学者也介入了对旅游文化的探索。单就数量而言,这类研究就与上述应用型研究之间存在不小的差距。[1]此外,一部分学者也承认旅游文化研究存在理论深度不够、概念使用混乱、研究方法失当等缺陷。徐菊凤认为,20世纪80年代起旅游文化曾是一个受到广泛讨论的概念,并且"用来与'旅游经济'一词相并列甚至相对立而使用,用来强调旅游活动和旅游业的文化属性一面",但自90年代中期却陷入了低潮。相较之下,同时期旅游规划、旅游产品、旅游市场等方面的研究却层出不穷。[2]赵红梅在回顾了近40年旅游文化的研究历程后也认为,20世纪80年代是旅游文化研究的启蒙阶段,但成果数量有限,而且未能突破过往研究的藩篱,因此没有取得重大的理论进展。从20世纪90年代直到2013年,虽然相关研究成果数量有所增加,也产生了一些理论创新的火花,但很多研究者仍然没能

---

[1] 我们如果分别以"旅游经济""旅游产业""旅游管理"和"旅游文化"对近40年知网中收录的中文期刊文献进行"篇关摘"搜索,便可以发现20世纪80年代旅游文化研究领域的论文数量稀少,在1989年刚刚突破了20篇,直到2000年才达到300篇,而当年旅游经济领域的论文为660篇,旅游产业为483篇,旅游管理为191篇。当然,我们也应当承认这一统计数字无法精确而全面地反映上述几个研究领域的实际情况,只能作为一种不怎么牢靠的直观性证据或者"轶事证据"(anecdotal evidence)看待。另外,在2013年,张凌云等人也通过大数据的研究方法,详细列举了这一时期发表论文的主题和聚类分类情况:在16024篇论文中,更具有应用性的研究主题,如旅游地理(3032篇)、旅游公共管理和行业管理(2106篇)、旅游策划及规划(1265篇)、旅游营销(1039篇)、旅游经济(887篇)等占据了主流。而旅游文化方面的论文(1064篇)就数量而言并不突出。相关分析可参见张凌云、兰超英、齐飞《近十年我国旅游学术共同体的发展格局与分类评价——基于旅游学术期刊论文大数据的视角》,《旅游学刊》2013年第10期。

[2] 参见徐菊凤《旅游文化与文化旅游:理论与实践的若干问题》,《旅游学刊》2005年第4期。

正确认识旅游文化的内涵。她甚至直言"国内旅游文化研究已进入了瓶颈阶段",而究其原因就在于人们没能真正厘清旅游文化的内涵和外延,"甚至连旅游文化学的研究对象都还未达成共识"。[1] 尽管言辞略显激烈,但却直切要害,道出了多年来旅游文化研究未能取得根本性进步的"病根"。庆幸的是,进入 21 世纪后旅游文化研究领域也产生了不少佳作,而过去我国以单一经济管理为视角的旅游研究,如今也正在"扬起其哲学的触角",试图建立一个更加完整的旅游知识体系。[2] 尤其是近些年人类学观点和研究方法的介入和发展,也为中国的旅游文化研究注入了新的动力。[3]

经过这番对比我们可以发现,相较而言中国旅游学界在应用研究方面起步更早,其知识体系也相对更加完备。那么导致这种现象的原因何在?我们不妨将这种落差放在更长远的视野中,回顾一下国外旅游学科的发展历程,并将其与中国的旅游学科做一番简单比照。

在过去两个世纪中,欧美等国的富裕阶层快速崛起,大量财富催生了富裕阶层旺盛的旅游需求,也带动了交通、住宿和服务等旅游相关行业发展。在这一背景下,无论是产业经营者抑或是政府官员,都意识到旅游业是一个能够带来庞大经济效益的新兴产业。自然,统计学和经济学的研究方法最早介入了旅游研究现场。例如,早期意大利的政府管理者和研究者在缺乏理论指导的情况下,依靠较为直观的统计学数据进行研究。尔后,随着现代西方经济学,特别是数理经济学(Mathematical Economics)逐渐

---

[1] 赵红梅:《论旅游文化——文化人类学视野》,《旅游学刊》2014 年第 1 期。
[2] 参见谢彦君、孙佼佼《科学与哲学:旅游研究中的两种不同路径》,《旅游学刊》2016 年第 4 期。
[3] 结合近年来中国旅游研究院发布的文化和旅游部优秀研究成果奖获奖名单公示来看,旅游文化方面的优秀研究成果正在不断涌现,相关论文读者可以在网上自行搜索。

在 20 世纪成长为一门"显学",人们在旅游研究中也开始大量使用经济学的研究方法,至今依然如故。根据谢彦君的分析,这段历史形塑了国外旅游学科的整体面貌,乃至也在很大程度上框定了其学术视域:旅游的经济和产业属性被推到了聚光灯之下,旅游活动所带来的经济利益成为众多旅游研究者最关注的(尽管并不是唯一关注的)议题,甚至还造成了一种思维定式:

> 这样,旅游现象就被认为是一种旅游业的经营活动,旅游是一个劳动力密集型的产业。这种思想几乎成了许多人审视旅游现象的一种定式,甚至影响着几代人对旅游现象性质的认识,极大地限制了旅游研究向纵深层次发展的可能。[1]

现在让我们把视线转回国内。自 20 世纪 70 年代末起,中国旅游业先是以吸收旅游外汇为导向,后又以经济利益为主要发展目标之一,因而早期研究也同样多围绕旅游经济、旅游产业和旅游管理等主题展开。但正如上文所展示的,相比于旅游经济和产业研究的火热场景,学者们却较少关注旅游对社会精神和文化方面的影响。尽管在改革开放初期一部分国内研究者也看到了旅游活动具有休养生息、文化交流、拓宽视野等社会和文化功能,但这些研究往往流于经验和感性之谈,缺乏可靠的事实证据和严密的逻辑论证,用今天的眼光来看,很难称之为合格的学术论文。所以我们可以说,至少在中国的旅游学科建立之初,的确存在马波所谓的"旅游学者关注多,文化学者参与少"的现象。

---

[1] 参见谢彦君《基础旅游学》,商务印书馆 2015 年版,第 4 页。

然而，旅游研究中的这一失衡现象还导致了其他问题。中国的旅游学科用短短40多年就匆匆走过了国外旅游学科百余年的发展道路，中国学者们如饥似渴地吸收了国外同行的研究方法和研究成果，在短期内就取得了如此丰硕的成果，确实值得赞许。但也应当看到，中国的旅游学科为了追赶国际学术界的脚步，其发展时间被大大压缩，导致了我们的学科体系在大量汲取西方研究成果时，连同其缺陷和盲区也不同程度地接纳了下来。举例而言，长期以来实证主义研究方法同样是构成中国旅游学科的重要基石：根据吴必虎和张骁鸣的分析，在近些年的研究中"实证研究特别是以数理统计方法为主的研究比重稳定在40%左右，而采用演绎法构造模型进行规律化阐释的研究比重大致在30%，其余研究包括使用描述性和概念性方法的比重从20世纪80年代中期以前的50%降到了不到30%"①。实证主义研究方法以其严密性和精确性著称，颇受追求逻辑缜密的研究者欢迎。但在旅游学科内部也并非毫无质疑之声，越来越多的学者开始积极反思实证主义研究方法应用于旅游学科时的局限性。② 谢彦君提出当前西方旅游研究存在着"重应用研究轻基础理论研究"的倾向，认为现有的案例研究尽管数量庞大、内容翔实，但"缺乏对旅游现象本身的深刻的理论思考"。③ 显然，这种特征也存在于国内旅游研究中。张朝枝和李文静则进一步分析了这一特征在旅游学科内部形成的原因：一方面多元化经济体时代的到来使得理论逐渐"工具化"，

---

① 吴必虎、张骁鸣：《旅游学科的理论和方法基础》，《旅游学刊》2016年第10期。
② 国内这方面的文章和观点，可参以下几篇文章：李天元《关于旅游科研的几点刍议》，《旅游学刊》2010年第10期；张金山《旅游研究：实证主义大行其道的警惕》，《旅游学刊》2010年第11期；卿前龙《旅游经济研究中数量模型的应用问题》，《旅游学刊》2010年第12期。
③ 参见谢彦君《基础旅游学》，商务印书馆2015年版，第6—7页。

另一方面全球化的视角又让传统理论逐步失去了解释力。因此，目前全球学术研究进入了一个"弱理论时代"：学者们局限于现象描述，做着重复的案例研究，却"为了用理论而用理论，而对问题的实质触及不深"[①]。

回过头来看，马波等人之所以提出"概念歧义多，争鸣批评少"的观点，也正是由于发现了我们身处这样一个"弱理论时代"。部分研究者崇拜分析工具和技术，欣欣然于这些技术手段带来的海量研究成果，殊不知忽视了旅游研究的理论建设，因而最终导致了某种理论性的"大叙事"的缺席。尽管西方后现代思潮风起云涌（在人文研究领域更是如此），重提"大叙事"或是"总体性"似乎显得有些"不合时宜"，而我们在利用理论来阐释千变万化、丰富多样的现象时也常常会感到"力不从心"，因为总是会有例外游离于既有的理论体系和框架之外。但是，假如学术研究因此就全然摒弃了理论构建，便无异于犯下了"倒洗澡水连孩子也倒掉"的错误。即便是福柯，也必须承认知识是"一致（或者不一致）的命题得以立足，相对准确的描述得以发挥，验证得以进行和理论得以展开的基础"[②]。换言之，他不得不在高举"知识考古学"的同时，又不情愿地承认知识的规训功能也具有某种程度的合法性。而作为马克思主义者，我们应当从"运动是绝对的"这一马克思主义运动观中辩证地看到，人类知识的发展总是处在"必然限制"与"自由开放"之间的永恒博弈中——理论尽管具有限制性的必然力量，却也是知识主体

---

① 张朝枝、李文静：《遗产旅游研究：从遗产地的旅游到遗产旅游》，《旅游科学》2016 年第 1 期。
② [法]米歇尔·福柯：《知识考古学》，谢强、马月译，生活·读书·新知三联书店 2010 年版，第 202 页。

实现自由的重要途径。[1]

三、结语

"十四五"时期是我国全面建设社会主义现代化国家新征程的起步期，也是世界百年未有之大变局的加速演进期、全球百年未遇之大疫情的持续影响期。此时，唯有坚持以人民为中心的发展思想，推进全面深化改革，方能破解新时代所面临的一系列难题。无须赘言，未来文化和旅游的融合发展，无论是在理论研究还是实践活动中，也同样必须坚持"以人民为中心"的基本原则。但正如习近平总书记所强调过的："以人民为中心的发展思想，不是一个抽象的、玄奥的概念，不能只停留在口头上、止步于思想环节，而要体现在经济社会发展各个环节。"[2]而就文化和旅游融合发展而言，我们又应如何真正践行这一思想原则？

对于学者，如今亟须做的应当是加强理论建设，构建一套更加符合中国现实、更加具有中国特色的旅游学科体系。2016年5月17日，习近平总书记在哲学社会科学工作座谈会上发表重要讲话，提出加快构建中国特色哲学社会科学这一时代命题，呼吁广大哲学社会科学工作者用实际行动为党和人民述学立论、建言献策，担负起历史赋予的光荣使命。在讲话中，习近平总书记还特别强调了理论建设的重要意义：

> 历史表明，社会大变革的时代，一定是哲学社会科学大发展的时

---

[1] 参见王列生《论知识谱系对学术研究的制约与超越》，《探索与争鸣》2019年第2期。
[2] 习近平：《在省部级主要领导干部学习贯彻党的十八届五中全会精神专题研讨班上的讲话》，《人民日报》2016年5月10日。

代。当代中国正经历着我国历史上最为广泛而深刻的社会变革，也正在进行着人类历史上最为宏大而独特的实践创新。……这是一个需要理论而且一定能够产生理论的时代，这是一个需要思想而且一定能够产生思想的时代。我们不能辜负了这个时代。①

回归到旅游学科本身而言，当前中国旅游学科尽管取得了不少亮眼的成绩，但也面临着双重困境：一方面，中国旅游学科仍与国际先进水平存在差距。我们的旅游学科发展至今只有短短 40 余年的历史，整个学科的研究质量若要得到实质性提升，仍然需要大力培养科学实证的精神。另一方面，经过几十年迅猛的学科发展，一些问题也正在暴露。而这些问题中有些具有普遍性，是西方同行们曾经或正在面临的，但还有很多是在研究和实践过程中从未出现过的。我们应当旗帜鲜明地坚持马克思主义在我国哲学社会科学领域的指导地位，在积极吸收其他国家优秀学术成果和研究工具的同时，也时刻不忘马克思主义最宝贵的批判精神，不拘泥于某一种西方理论和方法。同时，在研究活动中强调民族性，突出中国特色、中国风格和中国气派，提出中国思想、中国主张和中国方案，使研究成果更加符合当代中国和世界的发展需求。

---

① 习近平：《在哲学社会科学工作座谈会上的讲话》，《人民日报》2016 年 5 月 19 日。

合作共赢："一带一路"文化艺术交流研究报告

张敬华　陈宇峰

建设"一带一路"是习近平同志提出的重大倡议，是实现"两个一百年"奋斗目标和中华民族伟大复兴中国梦、协调推进"四个全面"战略布局的重要举措。

2013年9月和10月，国家主席习近平在出访中亚和东南亚国家期间，先后提出共建"丝绸之路经济带"和"21世纪海上丝绸之路"的倡议，受到了国际社会的高度关注。2014年12月，中共中央、国务院印发了《丝绸之路经济带和21世纪海上丝绸之路建设战略规划》，至此"一带一路"作为国家整体规划实现了从理论到实践的转换，也立即成为学术界研究的热点。2015年3月，随着国家发改委、外交部和商务部《推动共建丝绸之路经济带和21世纪海上丝绸之路的愿景与行动》的发布，标志着"一带一路"由构想阶段进入了全面务实阶段。在随后的时间里，"一带一路"规划不断明晰，使"一带一路"倡议由概念性的议题式讨论转向了具体的可操作性的执行与落实。

正所谓"世界好，中国才能好；中国好，世界会更好"。"一带一路"建设的进程中，文化起到了先行者作用，文化的交流对促进区域融通、增进优势互补、实现共同发展起到非常关键的作用。2017年1月,《文化部"一带一路"文化发展行动计划（2016—2020年）》经推进"一带一路"建设工作领导小组审议通过并公布，以"政府主导，开放包容；交融互鉴，创新发展；市场引导，互利共赢"为基本原则，重点任务是健全"一带一路"文化交流合作机制，完善"一带一路"文化交流平台，打造"一带一路"文化交流品牌，推动"一带一路"文化产业繁荣发展，促进"一带一路"文化贸易合作，为"一带一路"文化建设工作的深入展开奠定了扎实的政策基础。

基于此，我们通过"中国知网"数据库进行了文献检索，搜索到以"一带一路"作为关键词的论文116652篇，这一庞大数据足以说明"一带一路"已经成为近年来学界研究的热点问题。将这些文献分类后，我们可以发现，目前研究成果多以国际政治和经济贸易为主要方向，以"文化""艺术"为关键词缩小检索范围之后论文数量大大缩减，有三百余篇，本报告主要选取其中具有代表性和刊载于核心期刊的文献进行梳理与分析。

一、文化交流与文明共鉴

学界普遍认为，文化交流是实现"一带一路"沿线国家民心相通的基础，是与政策沟通、设施联通、贸易畅通、资金融通"四通"相辅相成的重要方面。国家主席习近平在2017年"一带一路"国际合作高峰论坛开幕式上指出："古丝绸之路绵亘万里，延续千年，积淀了以和平合作、开放包容、互学互鉴、互利共赢为核心的丝路精神。这是人类文明的宝贵遗产……我们要将'一带一路'建成文明之路。'一带一路'建设要以文明交流超越文明隔阂、文明互鉴超越文明冲突、文明共存超越文明优越，推动各国相互理解、相互尊重、相互信任。"①

近几年来，国内外学者围绕"一带一路"的研究热潮不断，从研究内容来看，大致可以分为文化内涵与意义诠释、路径分析与困境探索、问题对策与实践研究三个层面。

（一）关于"一带一路"的文化内涵与意义诠释研究

对于"一带一路"的文化内涵，学者们也做出了丰富的阐释。中国艺术研究院副院长祝东力认为"一带一路"是一个多层次的概念，它除了陆路和海路的两条交通线路外，还包含三层内涵：第一，"一带一路"包含着当今中国与海陆沿线国家的双边和多边经济贸易关系，是以合作的方式对沿线国家、地区、城市进行的经济开发；第二，"一带一路"包含中国与沿线国家的双边和多边的政治交往关系，乃至文化交流关系；第三，"一带一路"包含更深层、更广泛的文明内涵，他同时指出，"一带一路"沿线国家有责任"传承古老文化遗产，创造出一种适应新型区域化、全球化的新的文化伦理……推动一种新的文明模式"。②

中国人民大学教授王义桅则从文明史的角度着重对"一带一路"内涵进行了分析。他认为："从中华文明史的角度看，'一带一路'不仅在推动中华文明伟大复兴，更在推动其伟大转型，开创了世界文明古国唯一复兴与转型并举的伟大奇迹。"③而这其中所蕴含着的中国智慧，在中国理念、

---

① 《习近平在"一带一路"国际合作高峰论坛开幕式上的演讲》，2017年5月14日，新华网。
② 参见祝东力《"一带一路"的文化责任》，载郑长铃、王珊主编《2016"一带一路"文化遗产国际学术研讨会论文集》，文化艺术出版社2017年版，第5—7页。
③ 王义桅：《"一带一路"的文明解析》，《新疆师范大学学报（哲学社会科学版）》2016年第1期。

中国哲学、中国伦理、中国经验，以及中国路径等方面均有所体现，更是一种包容性的全球化。这种包容，抑或说是"开放"，在中国有着深厚的文化积淀。无论在中国传统的儒家文化中，还是道、释两家的文化之中，这种"开放"均有所体现。

中国艺术研究院研究员李心峰对于古丝绸之路的精神内涵做出进一步的解读，他认为"开放性的意识与观念，就是中国古代思想体系中占有相当重要地位的'通'或'大通'的观念与意识"[①]。而这种"大通"观念与精神，"是中国古典哲学同时也是整个中国传统文化最重要的观念与基本精神之一"，也是古代中国能够成为"开放的帝国"的深层的观念基础、内在的精神依据，是古代丝路实践的观念依据。今天，我们弘扬丝路精神，就是要让"这种古老的智慧在今天重新焕发生机与活力，助力今日的'一带一路'的创造性实践"。开放促使中国不断与周边国家，或是更远的外部世界保持着联系，也催化了丝绸之路与海上丝绸之路的开拓、连通与发展。

也有学者认为，"一带一路"的提出并非偶然事件，而有着深厚的文化与历史渊源，它是对古代丝绸之路概念的继承和发展。有学者分析认为，从民族的历史上讲，丝绸之路这条1877年被德国历史地理学家李希霍芬命名的古道，是中国历史上最早的外交、贸易、宗教和科学技术交流的窗口，也是中国文明、埃及文明、印度文明、美索不达米亚文明、中亚文明与希腊文明等许多古代文明交汇的中心，自古以来就是中国历史上最早的对外交流通道。[②] 从国内现实情况来看，"一带一路"的提出是加快

---

① 李心峰：《中华传统文化的"大通"精神与古代丝绸之路》，载郑长铃、高德祥主编《2017 "一带一路"文化艺术交流合作国际学术研讨会论文集》，文化艺术出版社 2018 年版，第 43—44 页。
② 参见周菁葆《丝绸之路研究丛书·总序》，新疆人民出版社 1994 年版。

沿线开放步伐，形成全方位开放新格局的客观需要，实质上是中国"引进来"和"走出去"逻辑的必然延伸。①

部分学者分别从丝绸之路或海上丝绸之路入手，对"一带一路"进行了历史回顾与文化探究。此类成果中，对丝绸之路的研究成果略多于海上丝绸之路。在这些文献中，既有对两条古代路线的历史梳理与理论探索，也有对沿线遗产艺术价值的中西比较与文化分析。陕西师范大学人文社科高等研究院特聘教授葛承雍提到，"丝绸之路"历史上不仅只是服务于中西方的丝绸贸易，"直至目前，尽管人们还对'丝绸之路'能否全部概括东西方文明存在着争议"，这条路还同时并存着诸如"'香料之路''黄金之路''玉石之路''青铜之路''琉璃之路''皮毛之路''陶瓷之路'等称谓。但是'丝绸之路'作为古代东西方交流的代表符号逐渐传遍世界，成为亚欧大陆之间互相影响的最广为人知和不可替代的概念。古代丝绸之路作为不同文明交流、互鉴、融合最为生动的符号化象征，给人们留下了抹不去的记忆"。②在此基础之上，上海大学上海电影学院教授林少雄指出，丝绸之路并不仅仅是物质文化传播交流的路线，它"更是人类的一个文化舞台与文明平台，在此场域中，人类文明空间与时间相互融通、物质与精神齐头并进、人种民族相互融合、宗教与世俗相互适应、文化与艺术相互补充、经济与政治良性互动、战争与和平相互交替，真正具象地释示了'人类命运共同体'这一宏大命题下'人类文明共同体'的细微肌理，因之也具有了不同寻常的文化意蕴"③。他进而做出判断，在"一带一路"倡议提出之际，重启丝绸之路研究意义非凡，它"打破了以古希腊、古罗马

---

① 参见石泽《"一带一路"与理念和实践创新》，《中国投资》2014 年第 10 期。
② 参见葛承雍《丝绸之路的世界回响》，《艺术设计研究》2019 年第 1 期。
③ 林少雄：《丝绸之路的文化意蕴》，《兰州大学学报（社会科学版）》2018 年第 2 期。

为主要源头的西方文明为中心的文明格局及其学术研究的话语霸权,并将人类文明发展史的研究从以古希腊、古罗马文明为中心的遮蔽下解放出来,从而发现了人类文明发展的全新面貌及多元走向"。

关于"一带一路"建设中文化的重要意义与作用方面,论文成果较为丰富。大多数研究者认为,"一带一路"的提出具有十分重大的现实意义和深远影响,既与我国对外开放的总体方针相吻合,又延续了历史上历久传承的中欧、中非文明交往,具有历史延伸和现实发展的双重意蕴,在深度与广度上对全球经济文化具有深远的影响力。它的实施必将对我国的政治、经济、文化、外交产生重大而持久的积极影响。

对于文化在"一带一路"建设中的作用,国内学者持多种观点,大致可以分为三类。

第一种观点强调文化交流是"一带一路"的灵魂与根本。有学者认为,文化交流是"一带一路"的灵魂,因为"一带一路"不仅是一条经济带,更是一条众多民族相处、多种宗教交织、不同文明交融的文化带。古丝绸之路鲜明体现出"和睦、和谐、和平、多元、共荣"的文化交流特征。当今形势下,可以把中国梦同各国人民过上美好生活的共同愿景对接起来,共同追求中国人民和各国人民的福祉。[1]

第二种观点强调文化交流乃"一带一路"的持久动力。中国社会科学院学部委员郝时远认为,人文精神烘托的经济合作和开放发展彰显了文化的力量,他引用习近平总书记的话指出,"一项没有文化支撑的事业难以持续长久",认为文化是"一带一路"建设的重要力量。[2] 首都师范大学

---

[1] 参见张永军、冯颖《"一带一路"是经贸合作之路也是文化交流之路》,《中国旅游报》2016年6月10日。
[2] 参见郝时远《文化是"一带一路"建设的重要力量》,《人民日报》2015年11月26日。

政法学院沈永福认为，人文交流与文明对话是互利互信、务实合作的前提和基石，是建设好、发展好"一带一路"的持续动力。① 也有学者认为，"一带一路"是一种以经济合作为主轴，以人文交流为重要支撑的开放包容、和平发展、互利共赢的国际合作理念。②

第三种观点讲求经济与文化共同推进。国家文化软实力研究协同创新中心主任张国祚认为，最重要的是要坚持经济合作与人文交流共同推进，文化可以使"一带一路"更具魅力，只有讲好历史、讲好传统、讲好友谊，尊重差异、求同存异，才能心灵通、感情亲、接近距离、开展合作。③

（二）关于"一带一路"文化交流的路径分析与困境探索研究

"一带一路"现实路径研究的相关成果较为分散，多数学者从自身专业角度为"一带一路"提出了带有建设性的宏观建议。有学者认为"一带一路"倡议作为国家总体发展思路，不但要求参与者具有明确的空间定位和价值表达，还应构建命运共同体、利益共同体、责任共同体和生态共同体，并以文化为导向促进不同文明之间的互通和互鉴。在这一过程中，包括文明进步的历史使命、合作共赢的创设原则、文化共演的层次链接，以及发展目标、发展范式、发展关系的空间集聚，都集中展示着"一带一路"的文明互鉴意愿与文化图景。④ 中国人民大学教授王义桅在《"一带

---

① 参见沈永福《人文交流："一带一路"的重要驱动力》，《中国信息安全》2016年第2期。
② 参见蒋希蘅、程国强《国内外专家关于"一带一路"建设的看法和建设综述》，《中国经济时报》2014年8月21日。
③ 参见户华为《人文交流合作："一带一路"倡议的根基与灵魂——访国家文化软实力研究协同创新中心主任张国祚》，《光明日报》2016年9月22日。
④ 参见余宏《"一带一路"下的文明互鉴与融合发展》，《河南社会科学》2017年第10期。

一路"的文明解析》一文中提到,"一带一路"倡议源于习近平总书记对国内国际两个大局的深入观察和思考,是全方位对外开放的必然逻辑,也是文明复兴的必然趋势,还是包容性全球化的必然要求,标志着中国从参与全球化到塑造全球化的态势转变……展望未来"一带一路"将开启推动传统中华文明的转型,推动近代人类文明的创新,推动中国梦的实现。① 更有学者认为,"一带一路"倡议的提出,将陆地与海洋连接了起来、统一了起来,为当下构建人类命运共同体提供了现实可行的路径。②

国务院发展研究中心研究员许涛总结了近年来中国与中亚各国文化交流工作中切实可行的具体路径。他提道:"近年,各国政府、学界和民间对人文合作的认识不断提升,并着眼于文化、教育、新闻、学术等领域积极推动。……第一,由各政府牵头、协调,由各国友协出面在北京及中亚各国组织一系列'丝绸之路'主题民间外交活动;第二,由各国科学院、高校为主体组织'共建丝绸之路经济带'研讨会;第三,通过中国国家旅游局、文化部、驻中亚各国使领馆协调各国国家旅游局(总公司)、文化部,举办'丝绸之路'主题旅游推介会、美术展、摄影展等文化活动……为促进中国与中亚各国民间文化认同提供更多机会和可能。"③

对于"一带一路"文化交流所面临的问题,目前学界观点主要存在于外部环境与内部条件两个方面。从外部环境来看,有学者总结了来自四方

---

① 参见王义桅《"一带一路"的文明解析》,《新疆师范大学学报(哲学社会科学版)》2016年第1期。
② 参见明浩《"一带一路"与"人类命运共同体"》,《中央民族大学学报(哲学社会科学版)》2015年第6期。
③ 许涛:《促进文化认同对"一带一路"建设的现实意义——以中亚地区文明发展的历史与现实为例》,载郑长铃、高德祥主编《2017"一带一路"文化艺术交流合作国际学术研讨会论文集》,文化艺术出版社2018年版,第27—29页。

面的困难与挑战：第一是文化及宗教差异的影响日益突出，第二是不同政治体制增加了文化认同与相互理解的难度，第三是经济发展不平衡导致文化交流的阻碍，第四是国际传播能力的不同制约了文化交流的效果。[1]从内部条件来看，"一带一路"文化交流的困境主要体现在，文化交流与文化传播的单向输出模式，"长期以来形成的'单向'灌输和宣传模式，缺乏互动与交流，不仅易于产生反感和误解，而且流于形式，效果有限……一些地区片面热衷于经贸、设施建设，即使提出文化传播与交流合作也是过度强调文化产业化，难以形成合力"[2]。

（三）关于"一带一路"文化交流中存在的问题对策与实践研究

"一带一路"倡议的提出引发了全世界的广泛关注。根据《环球时报》报道，截至2020年底，共有138个国家、31个国际组织签署203份共建"一带一路"合作文件。然而仍然有一些国家对此持质疑态度，如美国《华盛顿邮报》网站文章指出，中国的丝路复兴计划重在谋求能源保障；英国《金融时报》援引专家分析声称，中国旨在链接自己的"新兴市场"，与现有的大西洋贸易中心、太平洋贸易中心形成鼎足之势；日本、印度等国甚至有人质疑中国"一带一路"背后的军事意图等等。[3]这些误读与质疑足以证明，在国际上，"一带一路"倡议仍然面临着巨大的挑战，这些挑战既包括传统意义上国际战略争端，也包含着非传统意义上国家文化安全方面的问题。

---

[1] 参见邢丽菊《推进"一带一路"人文交流：困难与应对》，《国际问题研究》2016年第6期。
[2] 隗斌贤：《"一带一路"背景下文化传播与交流合作战略及其对策》，《浙江学刊》2016年第2期。
[3] 参见张崇防《"中国媒体丝路行"跨境采访启示》，《对外传播》2014年第8期。

针对"一带一路"发展过程中出现的各种问题，国内学者们也提出建设性的意见。其中有专家指出，建设"一带一路"需要文化先行，把握机遇，尊重规律，促进文化交流与合作。原文化部部长蔡武提出，"一带一路"的文化交流，第一要加强顶层设计与战略部署，推动政府间文化交流与合作深入发展。第二要发挥现有丝路品牌工作成果优势，精心打造新的文化交流品牌。第三要整合各方面资源，形成建设"一带一路"的合力。[①]

二、艺术汇聚与观念流转

"一带一路"倡议不仅会扩大我国未来国际发展的空间，提升文化发展动力，也会带动相关区域文化艺术的复兴，并对全球文化艺术发展产生深刻的影响。从这个意义来看，"一带一路"是世界文明与文化的重新发现之路，是各种观念与信俗的交流汇聚之路，是物质文化遗产与非物质文化遗产的传承发展之路，更是各种艺术形式的展示和传播之路。

公元前126年，张骞出使西域返回长安，不仅将西域的信息带回了长安，也开启了丝绸之路沿线的从贸易到文化，乃至文明的交流。丝绸、瓷器、铜器、铁器等由此逐渐传至西方，香料、良马、葡萄等也开始引入中国，在促进沿线国家经济、文化交往的同时，也逐渐影响到了沿线国家人们的生活方式。长久以来，尽管丝路沿线各国社会体制不同，文化传统各异，但我国与沿线各国的文化艺术交流一直异彩纷呈、生生不息。

敦煌作为这条文化艺术交流之路上的一个重镇，留下了大量宝贵的艺

---

① 参见蔡武《坚持文化先行 建设"一带一路"》，《求是》2014年第9期。

术遗产，如莫高窟、榆林窟等石窟艺术。尤其是莫高窟被喻为"丝绸之路上的画廊"，以其丰富的石窟和壁画艺术享誉世界。有学者这样总结莫高窟的艺术成就：通过敦煌壁画的题材、色彩和内容等，既可以看到不同历史时期不同文化在此碰撞的结果，也可以直观感受中西方文化的交流与融合。① 西北师范大学历史文化学院研究员李并成对敦煌艺术给予极高的赞誉。他写道，敦煌遗书中的中外多民族史料、敦煌文化中的"胡文化"和佛教"中国化"、敦煌壁画中的飞天、敦煌歌舞艺术等可以作为佐例，其（丝绸之路）是东西方文化交流、整合、融汇及其创生衍化和发展嬗变的加工场、孵化器和大舞台，是文化创新的高地。他认为，本土文化与外来文化的自由交流，东方文明与西方文明的交融汇合，使敦煌文化成为整个丝绸之路上东西方文化交流融汇、创新转化的典型代表。而作为敦煌壁画中最主要的题材——佛教艺术，更与丝绸之路的历史发展密不可分。② 百年来，一代又一代的研究者们走进敦煌、研究敦煌，敦煌研究院名誉院长樊锦诗在《敦煌石窟研究百年回顾与瞻望》一文中对敦煌研究的历史进行了梳理、总结和瞻望。她写道："1900年，敦煌莫高窟藏经洞的发现，出土了5万余件从十六国到北宋时期的经卷和文书，不论从数量还是从文化内涵来看，都可以说是20世纪我国最重要的文化发现，从此，以整理和研究敦煌文献为发端，形成了一门国际性的学科——敦煌学。"③

除壁画外，丝绸之路沿线的音乐舞蹈艺术的传播也对中国传统艺术的

---

① 参见段文杰《敦煌早期壁画的民族传统和外来影响》，《文物》1978年第12期；王克芬《多元荟萃　归根中华——敦煌舞蹈壁画研究》，《敦煌研究》2005年第3期。
② 参见李并成《丝绸之路：东西方文明交融汇的创新之路——以敦煌文化的创新发展为中心》，《石河子大学学报（哲学社会科学版）》2020年第4期。
③ 樊锦诗：《敦煌石窟研究百年回顾与瞻望》，《敦煌研究》2000年第2期。

发展产生了重要的影响。上海音乐学院教授萧梅对此做了详细的论述，她认为不仅是琵琶、筚篥等乐器经由丝绸之路从西域传入中国，历史上诸如隋唐时期的宫廷七部乐、九部乐中，也有来自丝绸之路沿线的龟兹乐、高昌乐、疏勒乐、安国乐、康国乐等。这些音乐表现形式传入中国后，被不断地"再创造"，时至今日，仍然成为中国民族音乐的重要篇章。[①] 这也是民族音乐学领域公认的艺术交流实证。中国艺术研究院研究员田青在《"一带一路"与中国传统音乐——在"非遗薪传——浙江传统音乐理论研讨会"演讲》中所言："'丝绸之路'输入到中原的，最宝贵的财富就是佛教，其次就是音乐。"[②]

佛教本诞生于古印度，经丝绸之路和海上丝绸之路一路向东传播，沿线的西域各国如莎车（今新疆喀什）、于阗（今新疆和田）、龟兹（今新疆库车）等都曾盛行佛教，东汉初年传入中国，逐渐成为中国文化的重要组成部分，其影响力远播至东亚、东南亚各国。如中国艺术研究院中国文化研究所所长喻静所说："丝绸之路是古代中外贸易的线路，也是一条佛教、基督教、伊斯兰教、犹太教等宗教文化传播交流的道路，更是大乘佛教进入中国的道路。"[③] 与此同时，我们也不能忽视斯里兰卡、尼泊尔和孟加拉国等国家对中国佛教的影响。[④] "佛教的传入，不仅在中国思想界掀起了

[①] 参见萧梅《在田野中触摸历史的体温——丝绸之路音乐研究散论》，《音乐研究》2016年第4期。
[②] 田青：《"一带一路"与中国传统音乐——在"非遗薪传——浙江传统音乐理论研讨会"演讲》，《南京艺术学院学报（音乐与表演）》2019年第1期。
[③] 喻静：《"慈悲"：中国佛教文化助力"一带一路"倡议的支点》，载郑长铃、王珊主编《2016"一带一路"文化遗产国际学术研讨会论文集》，文化艺术出版社2017年版，第38页。
[④] 参见嘉木扬·凯朝《"一带一路"视域下的中外佛教文化交流谈片》，《世界宗教文化》2018年第6期。

巨大的波澜，而且对中国原有的文学艺术产生了深远的影响。"①

除佛教文化由西向东传入之外，中国的民间信俗文化随着海上丝绸之路不断向外流传。诞生于福建湄洲的妈祖信俗，原本是基于东南沿海的海洋文化而产生的一种海神信俗，但其随闽南人沿海上丝绸之路的探索而被带到了东南亚，乃至更远的华人圈，并逐渐影响到当地的土著。妈祖信俗在海外早已超出了海神信仰本身，其对当地相关社区的文化艺术也产生了重要的影响，如很多当地人与华人一起参加舞龙、舞狮、庙会等民间活动，促进了东南亚各民族间的文化艺术融合。海上丝绸之路的沿线国家多数人信奉妈祖文化，这对于华人的文化认同与文化自觉起到了重要的作用。所以，妈祖文化自觉是"一带一路"建设进程中福建文化传承创新的重要组成。要不断强化妈祖文化自信、做好妈祖文化沟通、促进妈祖文化繁荣，在"一带一路"建设中实现妈祖文化的自觉担当。②

同样，不同门类的艺术在"一带一路"倡议的大背景下，也都发挥着各自的作用——促进不同文化的交流与互鉴。例如，在舞蹈领域，中国艺术研究院舞蹈研究所原副所长江东认为："通过舞蹈艺术的展示和交流，'一带一路'沿线国家的人心会进一步相连，进而生成从未有过的巨大能量，影响着全人类的发展步伐不断前行。"③因此以多元合作精神为基础的"一带一路"人文精神必将会以文化包容的博大胸怀与科学态度去激发更多领域的合作。从这个角度来看，"一带一路"的文化责任将是"传

---

① 赵声良：《敦煌壁画与中国传统绘画》，《新美术》2007年第5期。
② 参见宋建晓《文化自觉视野下的妈祖文化与"一带一路"建设》，《福建论坛（人文社会科学版）》2018年第6期。
③ 江东：《用舞蹈艺术架设民心相通的桥梁——"一带一路"下的舞蹈事业畅想》，载郑长铃、高德祥主编《2017"一带一路"文化艺术交流合作国际学术研讨会论文集》，文化艺术出版社2018年版，第112页。

承古老文化遗产,创造出一种适应新型区域化、全球化的新的文化伦理,最终克服为利润而生产、为消费而生活的发展模式,推动一种新的文明模式"①。

在文化遗产领域,有学者提出要充分挖掘"一带一路"的文化富矿,在包容开放、互鉴创新的丝绸之路文化建设原则下,文化遗产保护要先行,并充分发挥其文化作用。可以通过统筹规划、高位思考、打造品牌,拓展丝路文化遗产发展空间。②2014 年,中国、哈萨克斯坦、吉尔吉斯斯坦三国联合申报世界遗产"丝绸之路:长安—天山廊道的路网"的成功案例证实,"在两千年历史发展过程中,亚欧大陆通过丝绸之路活跃着许多不同的民族与部族,迁徙辗转与文化交融,贸易频繁与宗教交会,中国不断发现着新世界,世界也逐渐认识了古中国"③。尤其是在非物质文化遗产保护的实践中,"猎鹰训练术:一宗活形态人类遗产"和"诺鲁孜节"两项多国联合申报的人类非物质文化遗产代表作证明了在冲破地域或区域障碍、沟通世界、促进和平的人类共同事业上,"一带一路"倡议正在发挥着非常积极的作用。④

三、基本特点与问题思考

综上所述,国内学术界对于"一带一路"的文化艺术交流的总体研究

---

① 祝东力:《"一带一路"的文化责任》,载郑长铃、王珊主编《2016"一带一路"文化遗产国际学术研讨会论文集》,文化艺术出版社 2017 年版,第 7 页。
② 参见范周《"一带一路"的文化遗产价值体现与保护利用》,《遗产与保护研究》2016 年第 1 期。
③ 葛承雍:《丝绸之路的世界回响》,《艺术设计研究》2019 年第 1 期。
④ 参见朝戈金《"一带一路"话语体系建设与文化遗产保护》,《西北民族研究》2017 年第 3 期。

呈现出以下几个特点。

第一，研究文献极具现实性。尽管在"一带一路"提出之前，已有很多学者对于丝绸之路、海上丝绸之路进行过相关研究，但在2013年习近平总书记提出"一带一路"倡议之后，"一带一路"成为学界研究者新的研究基点与客观依据。针对倡议的提出，国内学者已从不同角度对此进行了有针对性的分析与研究，提出许多具有现实性的对策与建议，为推动"一带一路"理论体系与深化研究提供了有益的参考。

第二，研究成果具有多元化视角。主要体现在，由于"一带一路"沿线国家和地区众多，地域广阔，因而参与其中的学者众多，研究领域涉及政治学、经济学、国际关系学、社会学、人类学、教育学、艺术学等多个学科范畴，且研究方法呈现出多元化特点。单就文化艺术交流来看，研究者从政治、经济、社会、外交、军事、国家安全等角度切入，进行跨学科分析研究，使研究成果呈现出多元化广阔的视角。

第三，有些成果具有一定的创新性。有学者认为，习近平总书记"一带一路"倡议的提出本身就具有敏锐的政治眼光与伟大的创造力，尤其是提出了打造互利共赢的"利益共同体"和共同发展繁荣的"命运共同体"的宏伟目标，体现了中国在全球谋求和谐发展的新境界[①]与新理念。国内学者们更是从各自不同领域的研究视角对"一带一路"进行了富于创造性解读，提出了很多具有创造性的学术观点。

通过对上述的文献梳理与特点总结可以看出，近年来我国"一带一路"文化艺术研究较为繁荣，研究领域也呈现出多元化、跨学科的趋势，但由于"一带一路"提出时间仍然较短，沿线国家众多，涉及各个研究领

---

① 参见石泽《"一带一路"与理念和实践创新》，《中国投资》2014年第10期。

域，虽然当前的"一带一路"在文化艺术研究领域已经积累了相当丰富的研究成果，为进一步深化研究成果奠定了良好的基础。但总体来看，仍然存在着一些问题和不足，值得学界认真总结与思考。

首先，需加强"一带一路"的文化内涵与价值观研究。鉴于当前西方国家对"一带一路"仍存在着一定的疑虑与误解，国内学术界要以全球发展的长远眼光，全面定义与诠释"一带一路"的文化价值，研究总结其精神内涵，为中国与世界的沟通做好充分的理论准备。同时，深入挖掘习近平总书记以"和平合作、开放包容、互学互鉴、互利共赢"为核心的丝路价值观，尽可能地消除国际误解，最大程度地获得国际文化认同。

其次，要正视"一带一路"沿线国家的文化差异问题。正如学者梁海明所说，我们必须清醒地看到，由于"一带一路"沿线国家中有四种文明、上百种语言并存，在巨大的文化差异下往往产生误解与摩擦。[1] 正视来自国际社会的质疑声音，加强文化差异性研究，从而增强国际社会对"一带一路"倡议的信任与尊重。

再次，扭转当前重机制、重战略研究，轻个案研究的局面。综观"一带一路"文化交流的文献资料，高层对话机制、教育人才合作机制、重文化产业合作机制等宏观问题的探讨较多，而针对具体国家、具体问题的研究明显不足，而后者恰恰是随着"一带一路"倡议不断推进而必然面临且亟待解决的重大现实问题，今后应大力加强这方面的研究。

最后，改变当前以史料收集为主、以国内研究为主的研究思路，增强理论体系建构，增加对"一带一路"沿线国家的综合研究，强化跨学科、

---

[1] 参见梁海明《"一带一路"需要文化包容及推动文化产业走出去》，载赵磊主编《"一带一路"年度报告：从愿景到行动（2016）》，商务印书馆2016年版，第187页。

国际化研究视野，不断拓宽"一带一路"文化艺术研究的视野。

"一带一路"从来都是一条基于沿线人民友好交往的文化之路、艺术之路。"一带一路"沿线各国和地区各具特色的文化呈现，需要不同国家、不同民族、不同宗教、不同文化、不同艺术之间长久而友好的交融与互动才能形成，如同一条流动的文明汇聚之彩带悬挂在亚、非、欧大陆的天空。它以沿线各国和地区的互联互通为目标，以中华文化的友好气度与大国风范为基底，必将促进沿线各国和地区在政治、经济、文化、艺术领域进行更为广阔、更加开放、更多元化的合作与交流，在更广泛的领域实现共享与共赢，从而搭建起一个多元、平等、合作的交流平台。

人类命运共同体与文明交流互鉴研究报告

任 慧

党的十八大以来，习近平总书记站在人类历史发展进程的高度，以大国领袖的责任担当，正确把握国际形势的深刻变化，顺应和平、发展、合作、共赢的时代潮流，深入思考"建设一个什么样的世界、如何建设这个世界"等关乎人类前途命运的重大课题，高瞻远瞩地提出构建人类命运共同体的重要思想。

从2013年至今，习近平总书记在国内外不同的重要场合，多次对构建人类命运共同体的时代背景、重大意义、丰富内涵和实现途径等重大问题进行深刻阐述。

2013年3月23日，国家主席习近平在莫斯科国际关系学院发表演讲，首次向世界阐述他的"全球观"，以及他对人类文明走向的基本判断："这个世界，各国相互联系、相互依存的程度空前加深，人类生活在同一个地球村里，生活在历史和现实交汇的同一个时空里，越来越成为你中有我、我中有你的命运共同体。"自此至2015年5月的两年多时间，习近平总书记共有 62 次谈到"命运共同体"。①

2015 年 9 月 28 日，国家主席习近平在第七十届联合国大会上作了题为《携手构建合作共赢新伙伴　同心打造人类命运共同体》的报告，系统阐述了"人类命运共同体"的内涵："构建以合作共赢为核心的新型国际关系，打造人类命运共同体。"

2017 年 1 月 18 日，国家主席习近平在联合国日内瓦总部发表《共同构建人类命运共同体》的演讲，向世界宣告"让和平的薪火代代相传，让发展的动力源源不断，让文明的光芒熠熠生辉，是各国人民的期待，也是我们这一代政治家应有的担当。中国方案是：构建人类命运共同体，实现共赢共享"。

习近平总书记从 2013 年开始向国际社会提出命运共同体理念，其实质是希望构建一种新型的国际关系，告别冷战思维，远离东西对抗。国际社会共同携手构建命运共同体，并不只是认同这个理念，而需要从伙伴关系、安全格局、经济发展、文明交流、生态建设等方面共同努力。这一构建新型国际关系的理念经过习近平总书记在国际国内的多次阐释，引发了社会各界，特别是哲学社会科学界的深入和持续的研讨，包括哲学、社会学、政治学、民族学、历史学、马克思主义理论等诸多学科和领域的专家学者，纷纷从各自专业背景出发，意欲对这一中国方案进行学理性研究，从内涵渊源、外延转化、理论建构、现实路径等视角进行探究，形成一系列广受关注的研究成果。

在对人类命运共同体理念广泛而深入的阐释和研究过程中，文明交流

---

① 参见国纪平《为世界许诺一个更好的未来——论迈向人类命运共同体》，《人民日报》2015 年 5 月 18 日。

互鉴作为构建人类命运共同体的人文基础，逐渐成为关注的焦点。其实，早在 2011 年 9 月发布的《中国的和平与发展》白皮书中，"命运共同体"作为中国面向世界的新视角出现时，就和文明紧密联系在了一起："要以命运共同体的新视角，以同舟共济、合作共赢的新理念，寻求多元文明交流互鉴的新局面。"

从 2013 年至 2018 年 6 月底，根据中共中央党史和文献研究院的统计，习近平总书记关于坚持推动构建人类命运共同体的 85 篇精选文稿中，其中提到文明交流互鉴的就有 30 篇。[①] 尤其是 2014 年 3 月 27 日，国家主席习近平在联合国教科文组织总部发表演讲时指出："当今世界，人类生活在不同文化、种族、肤色、宗教和不同社会制度所组成的世界里，各国人民形成了你中有我、我中有你的命运共同体。"不仅强调了当今世界文化、种族、肤色、宗教和社会制度的现实多元性，也说明了多元之间客观的相互依存性。更为重要的是，习近平总书记明确了文明交流互鉴对于构建人类命运共同体的重要意义："文明因交流而多彩，文明因互鉴而丰富。文明交流互鉴，是推动人类文明进步和世界和平发展的重要动力。"

2019 年 5 月 15 日，在北京召开的亚洲文明对话大会开幕式上，国家主席习近平发表题为《深化文明交流互鉴　共建亚洲命运共同体》的重要讲话，全面深刻阐述对文明交流互鉴的看法和主张，提出坚持相互尊重、平等相待，坚持美人之美、美美与共，坚持开放包容、互学互鉴，坚持与时俱进、创新发展等四点主张，强调应该推动不同文明相互尊重、和谐共处，让文明交流互鉴成为增进各国人民友谊的桥梁、推动人类社会进步的

[①] 参见习近平《论坚持推动构建人类命运共同体》，中央文献出版社 2018 年版。

动力、维护世界和平的纽带。

"文明因多样而交流，因交流而互鉴，因互鉴而发展。"聚焦人类命运共同体和文明交流互鉴的学术文章日渐增多，很多刊物开辟了人类命运共同体研究专栏，集中对相关问题进行讨论。根据我们通过检索"知网"数据库进行的统计，自2013年开始至2020年底，以"人类命运共同体"和"文化""文明""文艺"为主题词的文章近5000篇，涉及教育、政治、法学、公共管理、哲学、社会学、民族学、马克思主义、理论经济学、国民经济、新闻传播、文化等多个学科分类，从数量和质量上来说，相关研究成果可谓非常丰富。

通过深入研读习近平总书记关于人类命运共同体和文明交流互鉴的讲话，认真梳理哲学社会科学研究界和文化艺术学界的相关研究和探讨，可以发现几个普遍聚焦的热点问题。这些问题既有研究人类命运共同体和文明交流互鉴必须解决的基础问题，也包括推动构建人类命运共同体和文明交流互鉴必须解决的现实问题。

第一，对于人类命运共同体理念的追本溯源。文明交流互鉴是构建人类命运共同体的人文基础，特别体现了中国智慧和中国方案。中国几千年优秀传统文化中的天人合一、协和万邦、世界大同、仁道精神、美美与共等思想理念，构成人类命运共同体思想的文化基石。当然，所谓中国智慧和中国方案，也并不是闭门造车，习近平新时代中国特色社会主义思想与马克思主义一脉相承，作为治国理政思想的人类命运共同体理念，必然受到马克思主义的启发和影响。由此，人类命运共同体思想是马克思主义中国化的新成果，更是中华优秀传统文化的创造性转化和创新性发展。学界对于人类命运共同体理念的追本溯源做了大量的研究，基本厘清了其发展脉络，也为这一理念提供了学理依据。

第二，内涵阐释。文明交流互鉴是构建人类命运共同体的人文基础，也是践行这一理念的重要途径，因此对人类命运共同体展开多维度阐释，对于文明交流互鉴的内涵和外延进行充分挖掘，并且从全球化视野，特别是中西文化对比的视角对这两个概念以及它们之间的关联进行深入探究，也引发了很多学者的关注。

第三，百花齐放。作为文化艺术工作者，我们要以响应习近平总书记关于构建人类命运共同体的新型国际关系为目标，探索不同文艺形态、多重艺术科技方法，以及文艺研究和创作对于文明交流互鉴的积极作用和践行途径，探求推动文明交流互鉴对于文艺繁荣发展的启示。将上述思考和行动进行阐释和总结，可以促进文明交流互鉴，推动构建人类命运共同体。

以 2013 年以来关于人类命运共同体和文明交流互鉴的研究为基础，大体依循这样三个视角和方向，对相关研究予以认真分析和探讨，力图提纲挈领、简明扼要地呈现学界研究的整体态势，并对深嵌其中的问题、经验以及未来研究走向进行归纳和评判，为继续推进人类命运共同体和文明交流互鉴的深入研究提供参考和借鉴。

一、追本溯源

（一）中华优秀传统文化

中华优秀传统文化作为人类命运共同体理念形成的重要文化基石，为人类命运共同体思想提供了丰富的思想来源。

2014 年 9 月 24 日，习近平总书记莅临"纪念孔子诞辰 2565 周年国际学术研讨会暨国际儒学联合会第五届会员大会"开幕式，围绕以儒家思想为代表的中华优秀传统文化与世界和平与发展的主题发表重要讲话。他充分肯定了包括儒家思想在内的中国优秀传统文化。他认为中华优秀传统文化作为中华民族的精神积淀、滋养和追求，亦经历过历史的检验，蕴藏着解决人类难题的启示：

> 世界上一些有识之士认为，包括儒家思想在内的中国优秀传统文化中蕴藏着解决当代人类面临的难题的重要启示，比如，关于道法自然、天人合一的思想，关于天下为公、大同世界的思想，关于自强不息、厚德载物的思想，关于以民为本、安民富民乐民的思想，关于为政以德、政者正也的思想，关于苟日新日日新又日新、革故鼎新、与时俱进的思想，关于脚踏实地、实事求是的思想，关于经世致用、知行合一、躬行实践的思想，关于集思广益、博施众利、群策群力的思想，关于仁者爱人、以德立人的思想，关于以诚待人、讲信修睦的思想，关于清廉从政、勤勉奉公的思想，关于俭约自守、力戒奢华的思想，关于中和、泰和、求同存异、和而不同、和谐相处的思想，关于安不忘危、存不忘亡、治不忘乱、居安思危的思想，等等。中国优秀传统文化的丰富哲学思想、人文精神、教化思想、道德理念等，可以为人们认识和改造世界提供有益启迪，可以为治国理政提供有益启示，也可以为道德建设提供有益启发。[①]

[①] 习近平：《在纪念孔子诞辰 2565 周年国际学术研讨会暨国际儒学联合会第五届会员大会开幕会上的讲话》，《人民日报》2014 年 9 月 25 日。

儒家思想作为中华优秀传统文化的主体构成，诸多学者从中不断发掘关于人类命运共同体理念的学术支撑，最为集中的是天下大同、天人合一、仁者爱人、和而不同、协和万邦、美美与共等文化基因，也包括中庸之道、海纳百川、休戚与共、会通精神等思想主张。

张岂之从中具体梳理出与人类命运共同体理念直接相关的方面，包括"天人之学——天人和谐的探索精神，道法自然——顺应自然的辩证法则，居安思危——安而不忘危的忧患意识，自强不息——生生不息的奋斗精神，诚实守信——进德修业的立身之本，厚德载物——做人做事的根本原则，以民为本——中国古代政治的根本原则，仁者爱人——实现社会和谐的基本出发点，尊师重道——传道授业解惑的教育理念，和而不同——博采众长的会通精神，日新月异——与时偕行的革新精神，天下大同——指向未来的理想之光"①，这些理念都与孔子在春秋末期开创的儒学联系在一起。

张静和马超认为"和合共生"思想的融合精神、"天下为公"思想的公义精神、"海纳百川"思想的包容精神、"天人合一"思想的和谐精神，形象地彰显了中华优秀传统文化的特征和内涵，同时在对中华传统文化的传承中还呈现出对平等观、指导观、交往观、发展观和义利观等观念的超越性。② 秦龙和赵永帅也认为儒家文化基因是人类命运共同体理念重要的价值底蕴和思想支撑。具体而言，人类命运共同体理念以儒家"仁道精神"关注人类友善发展，以儒家"中庸之道"聚焦人类良序发展，以儒家

---

① 张岂之：《"打造人类命运共同体"与中华优秀传统文化》，《山东省社会主义学院学报》2017年第1期。
② 参见张静、马超《论习近平人类命运共同体思想对中华传统文化的传承与超越》，《学术论坛》2017年第4期。

"天下观念"着力人类整体发展。[1] 肖群忠和杨帆则举出天下一家、协和万邦、万国咸宁、天下为公和大同思想，认为这些是中国作为一个文明共同体的文化基因，为构建人类命运共同体提供了思想基础。[2]

许宁从民族、世界和天人三个维度对中华文明中包含深刻"共同体"理念进行了详细的阐释："从民族维度而言，中华民族作为一个自在的民族实体是在五千多年的历史过程中形成的，汉族（华夏族）起着核心纽带的凝聚作用，与诸多少数民族构成相互依存、彼此互补、休戚与共、风雨同舟的中华民族共同体，形成了富有创造、奋斗、团结、梦想深刻内涵的伟大的中华民族精神；从世界维度而言，中国自古就产生了德主刑辅、礼法合治的政治理想，协和万邦、天下归仁的和平理想，美美与共、天下一家的社会理想，视天下之人为命运相连的人类整体，产生了人类命运共同体的思想萌芽；从天人维度而言，中华文明主张天人合一，强调人与自然的和谐共生，奠定了生态文明共同体的文化基础。"[3]

有些学者更为明确地指出儒家思想的具体某一方面对人类命运共同体理念的直接启示。

张立文作为"和合学"哲学理论思维体系的创始人，从和合学视角关注人类命运共同体，提出和合学作为中华传统文化的核心价值之一，是当代追求真善美精神家园的良方，有助于化解人类命运共同体所面临的各种冲突和危机。他认为，构建人类命运共同体，是传统文化创造性转变和创

---

[1] 参见秦龙、赵永帅《人类命运共同体理念对儒家文化基因的当代承继》，《学术界》2019年第1期。

[2] 参见肖群忠、杨帆《文明自信与中国智慧——构建人类命运共同体思想的实质、意义与途径》，《中国特色社会主义研究》2018年第2期。

[3] 许宁：《中华文明"共同体"理念的三个维度》，《华夏文化》2018年第3期。

新性发展的必然，是信息智能革命和全球化的需要，是构建中国话语权的诉求，是推动全球治理体系变革的大势所趋。中国传统和合文化与人类命运共同体的天下观、伙伴观、仁爱观、和合观、发展观交感联通、智能相应。[1]

国家主席习近平于 2014 年在德国科尔伯基金会发表演讲，对有着 5000 多年历史的中华文明，这样总结说："（中华文明）始终崇尚和平，和平、和睦、和谐的追求深深植根于中华民族的精神世界之中，深深溶化在中国人民的血脉之中。中国自古就提出了'国虽大，好战必亡'的箴言。'以和为贵''和而不同''化干戈为玉帛''国泰民安''睦邻友邦''天下太平''天下大同'等理念世代相传。中国历史上曾经长期是世界上最强大的国家之一，但没有留下殖民和侵略他国的记录。我们坚持走和平发展道路，是对几千年来中华民族热爱和平的文化传统的继承和发扬。"

中国自古就是爱好和平的民族，虽然曾经长期是世界上最强大的一个国家，但在处理国与国和地区之间的国际关系时，和平与发展已然成为深入民族心态的固化思维，其背后深耕的正是天下观念。

修身、齐家、治国、平天下，在中国人的头脑中，这是实现人生价值的达道通衢。由此可知，天下之意义何其重要。而人类命运共同体正是现代意义的"天下"表达。韩星认为，中国的天下思想具有"天下为家，经过礼治，以血缘亲情为基础又超越了'家天下'而达到'天下为公'的'官天下'的理想社会"的历史内涵，进而推论"人类命运共同体"的逻辑是一种递进关系：从国与国的命运共同体，区域内命运共同体，到人类命运共同体，这与中国传统家—国—天下的推衍次序一致，正是"天下一

---

[1] 参见张立文《中国传统和合文化与人类命运共同体》，《中国人民大学学报》2019 年第 3 期。

家：中国一人"的现代表达。[①] 曹兴等学者不仅认为人类命运共同体思想继承了中国传统文化天下主义之精华，并克服了中国传统文化的局限性，而且相较于西方的世界主义（天上主义与天下主义的统一）和全球主义理念更具有现实意义。[②]

干春松基于全球价值缺失和处理全球性问题的制度性建制效能不足所导致的不断以"文化冲突"的方式来展现的现实，认为费孝通先生创造的"各美其美、美美与共"的文化自觉观念，不仅是对中华文明自身精神特质的一种阐发，是中国人整体思维和天下情怀在处理多元文化关系时的一种体现，也是对处理全球化时代的不同文明之间关系的价值支撑。中国政府倡导的人类命运共同体观念强调国家与国家之间既是互相独立，又是你中有我、我中有你的互济关系，这是中华文明在新的轴心时代为人类提供的"实践性智慧"。[③]

各美其美，不只限于全球多元文化冲突，在中华传统文化内部，儒家思想、道家思想等诸子百家和佛教等宗教思想也在历史发展中不断交融，不断会通。有学者指出，从战国末到魏晋600多年，儒学与道家学说的会通产生了魏晋玄学。从唐至北宋600多年，儒学与佛教、道教的会通诞生了"宋明理学"这一儒学新形态。这种学术和思想文化的会通精神，在中国近代仍然得到不断传承和发展，共同成为人类命运共同体的传统

---

① 参见韩星《天下一家：中国一人与构建人类命运共同体》，载《第十四届东亚实学国际高峰论坛论文集》，中国实学研究会，2017年。
② 参见曹兴、李志薇《从天下主义、世界主义走向人类命运共同体》，《石河子大学学报（哲学社会科学版）》2019年第2期。
③ 参见干春松《"各美其美、美美与共"与人类命运共同体》，《人民论坛·学术前沿》2017年第12期。

渊源。①

具体到道家思想，有学者提出，道家秉承大道"生而不有，为而不恃，长而不宰"的"玄德"精神，以及"以天下观天下"的广袤视野，清醒地意识到人类乃至整个生态系统都是一个"命运共同体"。为了保持这个"命运共同体"的和谐与繁荣，每个生命个体都应该具有"利而不害"的和谐共处、互爱互利意识。道家的上述思想，在各国相互依存、休戚与共的当今世界，可以为人们树立"命运共同体"意识提供重要的文化支撑。②

具体到佛教思想，有学者指出："'三谛圆融'是中国民族化佛教思想创造与发展，在当代世界用来指导'佛教命运共同体'的思维，始终致力于改变这种世界与现实社会，但主张不采取加剧冲突的办法，而是用文化的传译与思想的交流，来建立和谐圆融的无碍社会，具有重要现实意义。"③

由此，正如习近平总书记在"纪念孔子诞辰 2565 周年国际学术研讨会暨国际儒学联合会第五届会员大会"上所言："儒家思想同中华民族形成和发展过程中所产生的其他思想文化一道，记载了中华民族自古以来在建设家园的奋斗中开展的精神活动、进行的理性思维、创造的文化成果，反映了中华民族的精神追求，是中华民族生生不息、发展壮大的重要滋养。中华文明，不仅对中国发展产生了深刻影响，而且对人类文明进步作

---

① 参见张岂之《"打造人类命运共同体"与中华优秀传统文化》，《山东省社会主义学院学报》2017年第1期。
② 参见尹志华《道家文化与"人类命运共同体"意识》，载《第十四届东亚实学国际高峰论坛论文集》，中国实学研究会，2017年。
③ 黄夏年：《佛教命运共同体与中道圆融思维》，《佛学研究》2017年第1期。

出了重大贡献。"①同时，中华文明植根于中华民族大家庭，"中华文明由中国各民族共创共传共享，形成了悠久的民族共同体传统，充分体现了鲜明的民族和谐交往之道；中华文明以文化认同塑造文化共同体，兼收并蓄会通外来文明，具有开放而不封闭、包容而不排他、中庸而不极端、和平而不好战的特征；中华文明从不进行强加于人的文化输出，更不推行以自我为中心的文化霸权主义"，所以中华共同体不仅是民族共同体，更是文化共同体和命运共同体。②

当然，中华文明、中华优秀传统文化构成人类命运共同体理念的人文基础，却不是唯一来源。"中华文明是世界上唯一以国家形态发展至今从不断流的文明形态，即使遭遇重大挫折也没有分崩离析，根子在于政治共同体。"③中华文明政治共同体根植于中华悠久传统，重塑于马克思主义中国化进程，升华于中华民族复兴征程。也就是说，马克思主义对于人类命运共同体理念的形成，同样具有源头和基础作用。

（二）马克思主义

2018年5月4日，习近平总书记在纪念马克思诞辰200周年大会上发表讲话，指出马克思、恩格斯曾经说过的预言——"各民族的原始封闭状态由于日益完善的生产方式、交往以及因交往而自然形成的不同民族之间的分工消灭得越是彻底，历史也就越是成为世界历史"——现在已经成为现实。他说："历史和现实日益证明这个预言的科学价值。……万物

---

① 习近平：《在纪念孔子诞辰2565周年国际学术研讨会暨国际儒学联合会第五届会员大会开幕会上的讲话》，《人民日报》2014年9月25日。
② 参见潘岳《中华共同体与人类命运共同体》，《中央社会主义学院学报》2019年第4期。
③ 潘岳：《中华共同体与人类命运共同体》，《中央社会主义学院学报》2019年第4期。

并育而不相害，道并行而不相悖。我们要站在世界历史的高度审视当今世界发展趋势和面临的重大问题……同各国人民一道努力构建人类命运共同体，把世界建设得更加美好。"

人类命运共同体理念的来源和历史脉络，都离不开马克思主义。"马克思主义创始人真正从人类命运共同体存在的世界历史视野，来考察人类命运的辩证发展过程。马克思、恩格斯将共同体描述为边界不断扩展变化、内涵不断丰富的人群集合体，经由'天然的共同体'到'虚幻的（冒充的）共同体'再到'真正的共同体'的发展过程。"李梦云梳理了共同体的渊源流变，并从建构"人类命运共同体"的哲学致思视角，提出 21 世纪的"存在时代"是"从注重物质生产到精神生活的时代，从外在追求到内在觉醒的时代，是在历史时间中从主体性进展到主体间性的时代"。这个时代并没有根本超脱马克思主义创始人的语境，"我们到底要以什么样的方式生存"是面对命运问题发出的终极追问。[①]

科学社会主义作为马克思主义理论的核心，对于人类命运共同体的建构更具有指导意义。姚选民指出："习近平新时代中国特色社会主义思想与马克思列宁主义一脉相承，而科学社会主义逻辑思想又属于马克思列宁主义的基本原则判断范畴，那么，作为习近平新时代中国特色社会主义思想的重要内容，人类命运共同体思想及其构建人类命运共同体方案，定然与科学社会主义逻辑思想存在着某种内在的理路关联。从现实实践来看，构建人类命运共同体方案有其科学社会主义逻辑思想根据。"同时，应对全球性问题仍需要从现行全球社会生产关系或全球治理上层建筑的调整或

---

① 参见李梦云《建设人类命运共同体的文化构想》，《哲学研究》2016 年第 3 期。

变革入手，这也恰是构建人类命运共同体方案的初衷和目标。①

马克思主义与中国传统文化的关系虽然属于历史问题，但近些年随着国学热的再度兴起，再次成为备受人们关注的热点问题。2014年9月24日，习近平总书记在"纪念孔子诞辰2565周年国际学术研讨会暨国际儒学联合会第五届会员大会"开幕会上指出："中国共产党人是马克思主义者，坚持马克思主义的科学学说，坚持和发展中国特色社会主义，但中国共产党人不是历史虚无主义者，也不是文化虚无主义者。我们从来认为，马克思主义基本原理必须同中国具体实际紧密结合起来，应该科学对待民族传统文化，科学对待世界各国文化，用人类创造的一切优秀思想文化成果武装自己。在带领中国人民进行革命、建设、改革的长期历史实践中，中国共产党人始终是中国优秀传统文化的忠实继承者和弘扬者，从孔夫子到孙中山，我们都注意汲取其中积极的养分。"②

因此，马克思主义与中国传统文化都是推进和发展中国特色社会主义事业的必要因素，马克思主义是行动指南和立身之本，中国传统文化则是精神命脉和丰厚滋养；马克思主义为中国传统文化的现代化转变提供理论支持和方法指导，而中国传统文化为马克思主义中国化提供文化载体和精神营养。③二者具有差异，但不能相互替代，亦不可分割，只有辩证统一于中国特色社会主义的伟大事业之中，才能共同发展。具体到人类命运共同体理念方面，诸多学者明确指出这一理念是马克思主义与中国传统文化

---

① 参见姚选民《构建人类命运共同体的科学社会主义逻辑基础》，《毛泽东研究》2019年第1期。
② 习近平：《在纪念孔子诞辰2565周年国际学术研讨会暨国际儒学联合会第五届会员大会开幕会上的讲话》，《人民日报》2014年9月25日。
③ 参见高长武《理解马克思主义与中国传统文化关系的三个维度——学习习近平关于中国传统文化的重要论述》，人民网、中国共产党新闻网，2015年1月22日。

契合的重要体现，也为二者的融合创新提供了阐释路径。[①]

习近平新时代中国特色社会主义思想与马克思主义一脉相承，从文明观的视角而言亦是如此。习近平文明交流观是习近平总书记在新时代结合全球治理现状，站在马克思主义的基本立场上，充分继承中华优秀传统文化基础上所形成的符合中国国情和世界人民发展趋势的新型文明交流观念。

二、内涵阐释

2017年1月18日，国家主席习近平在联合国日内瓦总部发表演讲，具体阐释了人类命运共同体的内涵，包括：

> 坚持对话协商，建设一个持久和平的世界；
> 坚持共建共享，建设一个普遍安全的世界；
> 坚持合作共赢，建设一个共同繁荣的世界；
> 坚持交流互鉴，建设一个开放包容的世界；
> 坚持绿色低碳，建设一个清洁美丽的世界。

"人类命运共同体"构想，作为中国推进全球治理体制变革的智慧方案，亦代表着中国不断发展完善中的新型"国际秩序观"。这一构想的最终实现，"需要世界各国以政治互信为底线根基，以经济共赢为核心动力，

[①] 参见杨柳新、张夏蕊《习近平人类命运共同体思想的生成逻辑——马克思主义与中国传统文化的融合创新》，《南宁师范学院学报（哲学社会科学版）》2020年第1期。

以文化互鉴为价值依托，以心灵亲诚为情感纽带，建成共生、共赢、共识、共亲的和谐新世界"。而所谓"价值依托"，则"需要以尊崇文明多元为共识根基，以推崇'包容互鉴'为方法路径，以增强文化自信为精神指引"。①

文明多元，文明多样。"文明多样性是人类社会的基本特征。当今世界有七十亿人口，二百多个国家和地区，二千五百多个民族，五千多种语言。不同民族、不同文明多姿多彩、各有千秋，没有优劣之分，只有特色之别。"② 从《世界文化多样性宣言》（2001）到《保护和促进文化表现形式多样性公约》（2005），绝大多数国家都认可和支持文化多样性是人类的一项基本特征，创造了丰富的世界，是全人类的共同遗产。

回顾在人类文明发展的进程中，从中西方文明谱系中衍生出的不同文化形态总是在碰撞中对话与交锋，"器物之争""体制之争"及"文化之争"等数次论战背后隐匿着的是以"比较差异论优劣"的主客二元对立的思维陷阱。尊重多元多样，是为了保护和发展，而不是为了对抗与冲突。因此，为了"顺应全球化发展与世界性文明共同体的形成需要，应当推动'比较式对话'的文化交流向'合作式对话'转化和提升，形成观照世界文化整体发展与破解全球性文明危机的'建构性方案'"③。这种开放包容、合作共赢的方案就是构建人类命运共同体的创想，在超越"中西文化之争"的基础上充分彰显了中华民族伟大复兴的历史觉识与文明自觉。

---

① 谢文娟、张乾元：《论构建人类命运共同体的"四位一体"——学习习近平人类命运共同体的重要论述》，《社会主义研究》2018 年第 2 期。
② 习近平：《弘扬和平共处五项原则 建设合作共赢美好世界——在和平共处五项原则发表 60 周年纪念大会上的讲话》（2014 年 6 月 28 日），《人民日报》2014 年 6 月 29 日。
③ 郭云泽、刘同舫：《超越"中西文化之争"：从"比较式对话"到"合作式对话"》，《学术界》2020 年第 4 期。

中华民族的文明自觉和文化自信，表现在中国特色社会主义道路的选择和建设上。换句话说，"中国特色社会主义就是中华文明的当代形态，人类命运共同体正是以中国特色社会主义为核心的当代中华文明从价值观、共同体观、世界秩序观等方面为全球危机提供的'中国方案'"：从"小康"走向"大同"的人类命运观；"多元一体""以和为贵"的共同体观；从"以邻为壑"走向"命运与共"的天下秩序观；以文明交流迈向"人类命运共同体"。陶庆梅认为，无论中西、南北，中华文明有能力也有责任在这种新秩序的建构过程中发挥更重要的作用，其核心是平衡和仲裁一神教文明、引导和节制市场经济文明、驾驭和协调科技文明，不断丰富人类对文明的理解。①

美籍学者刘康同样认为，中国要构建以人类共同价值观为基础的命运共同体，而并非利益共同体。他说："世界民心所关注和展示的也不仅仅限于经济利益和国家利益，同样包括了价值观与思想、意识形态因素和与国家和个人生活息息相关的地缘政治因素。中国的大国形象不能建立在纯粹利益基础上，而是要建立在价值基础上，而且这个价值基础是全人类的共同价值观。"②

多元文明形态，共同价值观，合作性对话，构建人类命运共同体必然需要十八大以来习近平总书记关于文明交流的重要论述的支持。习近平文明交流观是在继承和发展马克思主义文明交流观，结合中国特色社会主义的实践所形成的，坚持以人类文明发展为任务，以文明交流超越文明隔

---

① 参见陶庆梅《迈向人类命运共同体——新时代的中国价值观与人类共同价值观》，《中央社会主义学院学报》2019 年第 4 期。
② ［美］刘康：《构建人类命运共同体——十九大之后的中国全球文化战略》，《国际传播》2018 年第 1 期。

阔、以文明互鉴超越文明冲突、以文明共存超越文明优越。唐辉认为这一观念在三个方面呈现独特的价值：首先，在准确把握马克思对文明交流主要内容分析的基础上，形成了文明多样、平等和包容的文明本质论；其次，在深刻理解马克思对文明交流中对抗和融合相统一论述的基础上，形成了文明交流、互鉴和共存的文明关系论；最后，在全面坚持马克思对文明交流和文明交流发展性论述的基础上，形成了文明共商、共建和共享的文明发展论。从内涵上看，习近平文明交流观是在中国共产党领导下形成的，以促进人类文明进步为目的、以平等为价值导向、以互鉴和互惠为途径的新型文明观，具有鲜明的中国特色、独特的全球视野和生动的实践性。习近平文明交流观不仅为坚定文明自信提供了文明方法，为人类命运共同体的构建提供了文化支撑，也为世界和平与发展提供了思想指引。[①]

如何更进一步深入理解新时代文明交流观？学者们从不同的视角和维度出发进行了阐释。

陈明琨将党的十八大以来习近平总书记关于文明交流互鉴的重要论述归纳为理论、批判、价值和实践四个维度的统一。其中，理论建构：致力于打造人类文明交往的新范式；现实批判：反对阻碍文明交流互鉴的错误观念；价值取向：为世界的和平发展注入稳定、积极的因素；实践驱动：多管齐下推进新理念落地生根。整体而言，这些论述"以相互尊重、平等相待为基础，以开放包容、互学互鉴为路径，以和谐共生、美美与共为目标；反对封闭自守、霸权主义的文化观点；有助于为世界和平发展保驾护航，为经济全球化持续推进增添动力，为构建人类命运共同体贡

---

① 参见唐辉《论习近平文明交流观对马克思文明交流观的发展》，《深圳社会科学》2020年第4期。

献力量"①。

邹广文等学者从文化哲学视角指出，应在"共同体"视野下提炼文明交流互鉴原则。人类命运共同体言简义丰，作为超越民族、国家和意识形态之上的文化观，它肩负着两个功能：一是推进各文化形态的健康交流与平等对话，二是保证各民族文化的个性和资源不致丢失、不被同化、继续传承。正是在这两个方面的张力中，文明交流互鉴的原则得以生成。②

韩升等学者认为西方的文化霸权主义倾向有违人类共同价值观。人类共同价值观的塑造要以尊重世界文明多样性为基本前提，以特定社会生活共同体的价值观坚守为存在根基，以不同文明的交流互鉴为根本途径，在开放包容中汲取全人类文明的智慧与有益成果，为全球化时代人类命运共同体的构建凝聚价值共识和提供价值引领。③

梁枢认为学界对共同体的思考大致可分为两个侧重面：在"中外"的向度上作为空间概念和把共同体作为时间概念来界定和使用。因此作者提出"共同体的中国经验"这一概念，希望在共同体的学术思考中打通古今，让中国人的共同体智慧与经验"进场"。共同体是中国文化的大传统，这种传统为21世纪人类命运共同体建设提供了充分的"合法性"。所以，共同体既是"古今问题"，也是"中西问题"，学者可以选择某一个视角，但学界不能忽视任何一个向度。④

文明是人类共同的价值追求，是建设新时代中国特色社会主义的重要

---

① 陈明琨：《理解习近平文明交流互鉴重要论述的四重维度》，《党的文献》2019年第3期。
② 参见邹广文、刘文嘉《文化哲学视域下的人类命运共同体研究》，《人民论坛·学术前沿》2017年第12期。
③ 参见韩升、毕腾亚《基于文明交流互鉴的人类共同价值观阐释》，《贵州社会科学》2020年第6期。
④ 参见梁枢《共同体的中国经验》，《光明日报》2019年3月16日。

价值目标。如何在百年未有之大变局的形势下更好地推动文明交流互鉴、促进文明价值的实现？

刘京希指出，倡导构建人类命运共同体，需要前置性地认识中西文化各自的特性与异同。以政治生态学为视角观之，作为拥有辉煌历史传统的原发性文明，中华文化的现代性转换亟待通过中西文化的比较与互鉴，去发现与人类共同文明进行生态化通约的超验性和普遍性价值，进而形成共识并予以光大，推进中华文化的现代性转换以及人类命运共同体的建构。

焦佩锋也认为文明转型是中西社会面临的共同问题，"西方需要克服现代性的文化危机，中国则要对传统进行创造性转化"。而在转化过程中，我们必须重视马克思主义中国化的历史实践和文化成果，因为基于马克思主义传统而可能的"革命—建设—改革"中国道路既蕴含着对现代性文化危机的克服，也表征出中西方文明的融合与更新的可能，这是构建人类命运共同体、构建人类文明新秩序的重要历史实践。①

李毅红和邱华宇提出，我们在新的历史方位下更好地促进文明价值的全面实现，并从三个层面分析习近平总书记关于文明的重要论述："从世界层面看，是要通过构建人类命运共同体、坚持正确的文明观、倡导不同文明的交流互鉴，促进人类文明的发展进步；从国家层面看，是要通过建构中国特色社会主义文明体系、建设社会主义精神文明、培育社会主义文明价值观，大力发展社会主义文明；从个体层面看，是要通过教育培养能够促进文明进步的时代新人，提升公民的文明素质。"②

贾文山等学者采用跨学科研究方法，综合中国哲学、全球传播学、跨

---

① 参见焦佩锋《中西文明转型的世界历史视野》，《天津社会科学》2018年第2期。
② 李毅红、邱华宇：《习近平关于文明的重要论述探析》，《理论学刊》2019年第2期。

文化交流学、国际关系学等学科系统，提出"跨文明交流、对话式文明与包容性的世界秩序是一脉相承、循序渐进"的观点。具体而言，跨文明交流是文明对话形成的具体过程；对话式文明是文明交流互鉴的硕果，又是多元包容性世界秩序构建的基础，二者最终指向构建人类命运共同体。作者总结了五大跨文明关系话语体系：文明冲突话语、一元同化话语、文明的折中式话语、中华文明一体多元话语和对话式话语，这样递进嬗变的历程说明人类日益认识到文明间对话的重要性。[1]

刘洪一面对人类文明进入的十字路口提出，文明之病需文明之药，文明之药只能从文明通鉴中淬炼提取，这是文明处于十字路口的必然选择；尊重文明差异化传统，以开放的文化心态寻求最大文明公约数，构建人类共通共享共惠的普惠文明新体系，是人类命运共同体的目标路向；努力达致不同文明之间精神观念相通、思维方式方法互补的思想通约，是构建普惠文明之关键，也是人类命运共同体作为文明必然进程的前行路径。总之，文明通鉴、普惠文明、思想通约三位一体，构成了人类命运共同体的实现方式、目标路向和关键路径，也昭示了人类命运共同体作为文明进程的内在要求和历史必然。[2]

习近平总书记在十九大报告中指出，世界正处于大发展大变革大调整时期，和平与发展仍然是时代主题。世界多极化、经济全球化、社会信息化、文化多样化深入发展，全球治理体系和国际秩序变革加速推进，各国相互联系和依存日益加深，国际力量对比更趋平衡，和平发展

---

[1] 参见贾文山、江灏锋、赵立敏《跨文明交流、对话式文明与人类命运共同体的构建》，《中国人民大学学报》2017年第5期。

[2] 参见刘洪一《文明通鉴与普惠文明：人类命运共同体的文明路径》，《深圳大学学报（人文社会科学版）》2019年第5期。

大势不可逆转。在这样的时代背景下,学者们高度评价中国的全球文化战略和中国模式。

刘康提出:"在志存高远、敢于担当的中国共产党引领下,中国与世界的关系正在发生历史性的变化——中国正在从一个区域性国家转变成一个在国际事务上有主导意识、有领导视野的世界大国。中国的强大不仅仅是中国的伟大复兴,也不是不断重复'落后挨打、大国崛起、百年雪耻'的叙事。中国的复兴是为了造福全人类,是为了构建人类命运共同体。"①

贾文山等学者认为,习近平总书记就治国理政所做的一系列重要讲话构建了一套较为完整的思想体系,将马克思主义与传统资源结合而成的与西方文明不同的现代化模式——中国模式,升华为用以推动新型全球化和全球治理的中国方案,是从跨文明交流中形成对话式文明的典型案例,对于今天世界文明间的对话与未来人类命运共同体的构建具有重要借鉴意义。②

当然,从实践层面的现实出发,人类命运共同体理念需要以全世界各个国家和民族间的文化尊重、文明交融为基础。我们尊重文化在样态形式上的"求异",我们追求文明在价值理念层面的"求同"。"人类命运共同体的积极构建,为人类文明交融确立了一个坚实的价值基础——在经济全球化发展环境下没有文化孤岛,必须破除两极对立的零和思维,秉持共同发展的理念,努力守望相助,达到合作共赢。"③

---

① [美]刘康:《构建人类命运共同体——十九大之后的中国全球文化战略》,《国际传播》2018年第1期。
② 参见贾文山、江灏锋、赵立敏《跨文明交流、对话式文明与人类命运共同体的构建》,《中国人民大学学报》2017年第5期。
③ 邹广文:《人类命运共同体的文明交融》,《光明日报》2021年1月4日。

三、百花齐放

党的十八大以来，以习近平总书记为核心的党中央对文艺工作高度重视，习近平总书记在文艺工作座谈会和中国文联十大、中国作协九大开幕式等重要场合多次发表重要讲话、作出重要指示批示。习近平总书记关于文艺工作的重要论述，深刻阐明了文艺工作的地位作用、目标方向、原则要求、使命任务、工作重点，系统回答了新时代文艺事业发展的一系列全局性、根本性、战略性问题，科学揭示了社会主义文艺本质属性、历史逻辑与发展规律，丰富和发展了马克思主义文艺理论，是习近平新时代中国特色社会主义思想的重要组成部分，在社会主义文艺事业发展史上具有里程碑意义。

2015年10月14日，习近平总书记主持召开文艺工作座谈会，并发表重要讲话，指出文艺是时代前进的号角，最能代表一个时代的风貌，最能引领一个时代的风气。实现"两个一百年"奋斗目标、实现中华民族伟大复兴的中国梦是长期而艰巨的伟大事业。伟大事业需要伟大精神。实现这个伟大事业，文艺的作用不可替代，文艺工作者大有可为。

结合习近平总书记在文艺工作座谈会上的讲话精神，王列生认为，无论民族精神家园还是人类精神家园，传统的知识建构路线，要么体现为"聚焦论"，要么体现为"集合论"，但是在全球化时代，面对前所未有的机遇和挑战，一种基于"文明正义"和"命运共同体"的"互约论"观念"脱颖而出"。构建"人类命运共同体"作为全球治理的"中国方案"，必然要求精神建构作为庇护和支撑，进而必然要求文艺作为民族和人类生存的重要精神意识形式，在整个建构事态中最大限度地展现其社会进步驱动能量。问题的复杂性在于，传统世界格局所显形的垂直民族结构与文明形态的非平等关系，导致民族精神建构与人类精神建构诸多知识冲突与意义紧张，因而也就延及"中国方案"入场有效性与在场可持续性，这在文艺的精神建构事态中表现得尤其充分。基于此，叠维并且同步地提出和解决文艺价值互约议题或命题，既具当下文艺使命担当的现实意义，更具对"中国方案"有效学理解读后促进构建的理论动力，而所有这一切，都在《讲话》文本中有言说显形与意义隐存的充分实现。①

逄增玉也立足中华文艺提出，"人类各民族文化在诞生发展中内含的共同价值，是中华文艺参与人类命运共同体建设的基础"。中华文艺曾经在历史上对周边国家有效传播和影响，并且也接受过域外文艺的有益影响，因此应当在梳理和确立中华文艺核心价值基础上，高度重视中华文艺参与人类命运共同体建设的方式、路径、方法和战略策略问题，为人类命运共同体建设提供更多启示。②

吴为山强调，国家的发展与强大不仅需要政治、军事、科技、经济的保障，更需要文化的繁荣，特别是在对外艺术交流领域，加强国际艺术展览交流机制的建设显得尤为重要。因此，我们应该立足于自身的优秀文化传统，以文化经典化育人；在国际上，以文化经典感化人，以此达到文化认同、命运共建的目的。③

习近平总书记在文艺工作座谈会上指出，"文学、戏剧、电影、电视、音乐、舞蹈、美术、摄影、书法、曲艺、杂技以及民间文艺、群众文艺等

---

① 参见王列生《论"民族精神家园"与"人类命运共同体"文艺价值互约——习近平〈在文艺工作座谈会上的讲话〉创新点研究》，《文艺论坛》2020年第1期。
② 参见逄增玉《跨文化交流与中华文艺参与人类命运共同体建设的思考》，《现代传播（中国传媒大学学报）》2020年第3期。
③ 参见吴为山《用文化经典构建人类命运共同体》，《文艺报》2018年3月14日。

各领域都要跟上时代发展",为人民群众和国家社会奉献优秀的作品。构建人类命运共同体,推动文明交流互鉴,文学艺术形态应该积极承担载体功能,创作者、研究者纷纷结合各自艺术门类,畅谈经验与思考。

舞蹈作为人类历史上最早产生的艺术形式之一,是人类社会不同文明的重要组成部分。吴敏从舞蹈艺术能更直观地呈现文明特征、更容易突破文明间的界限和能更顺畅地实现不同文明的互鉴三个方面来探讨舞蹈艺术在文明交流互鉴中的优势功能与作用。[①] 李琼则具体讨论了中国芭蕾民族化的历程和立场,提出在"人类命运共同体"这一文化理念的指导下,中国芭蕾应该打住"民族化"脚步,立于"国际化"视野,回归到全人类的理想精神世界,关注于中国传统的身体哲学,以古典芭蕾的身体语言为形式,以身体为内容,以"气"体知身体内容与芭蕾语言形式,积累有"中国语音特点"的芭蕾身体语言,探索具有中国传统身体观的叙事方式。[②]

胡艺华认为音乐作为人类文化的精华和人类文明的结晶,是构建人类命运共同体的重要文化积淀、沟通桥梁、传播载体和推动力量,因此应该强化音乐的价值自觉和价值担当。[③] 韩雪松则认为电影是人类命运共同体理念的重要传播载体,因此电影创作要深挖中国传统文化中的"人类命运共同体"文化基因,从对"中国方案"的议程设置、中外电影合拍等方式掌握"人类命运共同体"理念国际传播的主动权。[④]

习近平总书记在文艺工作座谈会上也说过,"文艺工作者要讲好中国故事、传播好中国声音、阐发中国精神、展现中国风貌,让外国民众通过

---

① 参见吴敏《文明互鉴:舞蹈艺术的文化交流优势》,《北京舞蹈学院学报》2019年第6期。
② 参见李琼《"民族化"是中国芭蕾发展的必选项吗?》,《艺术评论》2019年第12期。
③ 参见胡艺华《音乐为构建人类命运共同体注入正能量》,《云梦学刊》2018年第2期。
④ 参见韩雪松《论电影对人类命运共同体理念的阐释与传播》,《电影文学》2019年第19期。

欣赏中国作家艺术家的作品来深化对中国的认识、增进对中国的了解"。梁鸿鹰结合人类命运共同体构建,具体分析了这一要求的价值和意义:"在构建人类命运共同体的进程中,只有讲好中国故事,才能很好回应国际社会共同关切,向世界说明中国道路、中国选择、中国历史文化。讲好中国故事,要聚焦更具普遍人类价值尺度,直面全球化时代人类共同难题,开掘人性及人类精神隐秘,减少文化误差弥合文化鸿沟,凸显中国故事的进步性、现代性,不断丰富讲中国故事的有效路径,使中国故事更加扣动世界心弦。"[1]

范玉刚提出,习近平总书记倡导的构建"人类命运共同体"思想彰显的是"天下一家"的和平理念与世界情怀,作为对人类文明发展方向的积极探索,这是最好的中国故事。同时,中国的崛起是一种文明型崛起,它成功开创了一条走向现代化、走向复兴、有新贡献于世界的独特道路,这条道路立足本土、关怀全人类,具有世界情怀和开放包容意识,以中国立场与世界眼光的视域融合而超越了中西、传统与现代,把人类引向协和万邦、天下大同的前瞻未来。它带给世界的是一种新型文明观,其核心思想即道理、道义之道的根本——构建人类命运共同体的意识。这是人类文明的价值制高点,也是世界道德舆论优势制高点。[2]

交流互鉴是人类文明存在的根基,而演化的媒介在其中扮演了重要角色。胡正荣认为如果传播技术与文明秩序是匹配关系,与数字传播技术相匹配的则是人类命运共同体,"指尖上的文明交流"将成为文明对话的最灵动渠道和最有效机制。数字时代的人类命运共同体应以多样、

---

[1] 梁鸿鹰:《讲好中国故事:当代文艺与人类命运共同体构建》,《理论视野》2017年第8期。
[2] 参见范玉刚《以开放包容的文化思维讲好"人类命运共同体"故事》,《中国文化报》2018年2月5日。

平等、开放和包容为原则,通过构建全媒体传播体系,努力提升连接性、对话性、共享性和智能性,同时注重安全性,从而实现文明对话与文明互鉴。①

此外,"一带一路"倡议作为承载时代使命的世纪工程,掀开了世界发展进程的新一页,是"构建人类命运共同体"思想的伟大实践。"一带一路"沿线国家和中国自古就有经济文化往来,民心相通需要文化互通,以促进不同文化之间的价值共识。黄义灵等学者指出,"一带一路"的文化互通是"一带一路"沿线国家相互沟通和了解的桥梁,是真正能够把它们联系和结合起来的纽带。它在历史上曾经有力地促进了各个国家的友好关系和民族融合,在今天更是相关国家实现和平合作、互利共赢的重要基础。"一带一路"倡议也是中国提出的应对人类面临的共同挑战、维护和实现全人类的共同利益、同心打造人类命运共同体的方案。从这个角度看,作为"一带一路"倡议的重要内容,文化互通对于整个人类命运共同体的建设也是极其重要的。②

诸琦睿聚焦中亚这一古丝绸之路的重要通道区域,从人类命运共同体视角出发,采用文献研究、历史比较等方法,通过阐述人类命运共同体的根本理念、中国与中亚文化交流的历史追溯、中国与中亚文化交流面临的问题以及进一步探讨交流的路径选择这四部分入手,分析中国文化向中亚传播的重要性,并尝试探索交流策略以便中国文化更有效地传播。③

---

① 参见胡正荣《人类命运共同体与文明交流互鉴——基于数字时代传播体系建设的思考》,《人民论坛·学术前沿》2019年第9期。
② 参见黄义灵、汪信砚《"一带一路"的文化互通与人类命运共同体建设》,《江汉论坛》2017年第12期。
③ 参见诸琦睿《人类命运共同体构建视域下的中亚文化交流问题研究》,《兵团党校学报》2020年第2期。

张立文着眼东亚文化共同体，指出东亚中、日、韩及越南由于地理位置和文化渊源的关系，在共同理念、儒学共鸣，共同文字、汉字共享，共同制度、郡县共建，共聚民心、同舟共济，共生共存、命运共同等方面具有天然的共同性。①

2019 年，中国艺术研究院文化发展战略研究中心以"文明交流互鉴"为视角，开展关于"人类命运共同体思想及认知"的实证调研工作，选择与中国有着重要经济与政治关系和文化交流的周边地区国家以及东欧部分国家展开跨国调查。调查结果显示，在 12 国受访者中，超过六成认同以开放包容态度对待各国文明，近七成认同加强各国间文化了解和交流，76%的受访者对建设平等、开放、包容的世界文化交流格局，近半成期待通过中国电影和各类文化交流活动更好地了解和感受中国，69.5% 的周边国家受访者认同"文明没有高下、优劣之分，只有特色、地域之别"。在世界多极化、经济全球化、社会信息化、文化多样化的百年未有之大变局时代，"每个民族、每个国家的前途命运都紧紧联系在一起"②，人类文明需要团结，"和平、发展、公平、正义、民主、自由，是全人类的共同价值"③。

习近平总书记强调要"以文明交流超越文明隔阂、文明互鉴超越文明冲突、文明共存超越文明优越"，要始终坚持不同文化和文明间的平等对话。回顾中华人民共和国成立 70 年以来的文化建设与发展以及成就与经验，为推动构建人类命运共同体和推动人类和平与发展崇高事业做出了积极的努力和重大贡献。展望未来，我们应该坚定中国特色社会主义文化自信，坚持中国特色文化发展道路，坚持以人民为中心建设社会主义文化强

---

① 参见张立文《儒学与东亚命运共同体》，《学术界》2019 年第 1 期。
② 习近平：《论坚持推动构建人类命运共同体》，中央文献出版社 2018 年版，第 510 页。
③ 习近平：《论坚持推动构建人类命运共同体》，中央文献出版社 2018 年版，第 253 页。

国，坚持推进文明交流互鉴为人类发展进步不断贡献中国智慧、中国方案。

对于文化艺术工作者而言，要以习近平总书记对文艺不可替代的作用以及大有可为的文艺工作者的期待为目标，围绕构建人类命运共同体和文明交流互鉴，积极探索文艺形态和科技方法，不断推进创作水平和研究视野，广泛开展文化交流，广泛参与世界文明对话，寻求更为有效的交流路径，增进尊重和理解，切实有效地推进人类命运共同体的构建。

四、结语

构建人类命运共同体是习近平新时代治国理政思想中关于外交理念和外交政策的明确阐述，是习近平总书记提出的"中国方案"，是解决当今世界各种难题、消弭全球各种乱象的"中国钥匙"。

构建人类命运共同体站在全球人类发展的战略高度，以中华优秀传统文化和马克思主义思想为基础，在总结历史经验教训的基础上，超越民族国家和意识形态，体现了中国人民追求协和万邦、天下一家的思想智慧。从2013年3月国家主席习近平在莫斯科向世界阐述人类命运共同体理念开始，这一理念伴随着他的脚步，不断在国内外重要场合得以推进阐释，不仅正式成为《中国共产党章程》和《中华人民共和国宪法》的一部分，而且相继被写入联合国大会、安理会、人权理事会等重要决议，已经成为世界瞩目的新型国际关系准则。

"文明因交流而多彩，文明因互鉴而丰富。文明交流互鉴，是推动人类文明进步和世界和平发展的重要动力。"[1] 世界是多元的，文明是多样的。对

---

[1] 习近平:《在亚洲文明对话大会开幕式上的主旨演讲》，新华网（http://www.xinhuanet.com/world/2019-05/15/c_1210134568.htm）。

待世界多样性文明，我们应该怀有"文明只有姹紫嫣红之别，但绝无高低优劣之分"的基本态度，坚持对等、平等、多元、多向的交流原则，以海纳百川的宽广胸怀打破文化交往的壁垒，以兼收并蓄的态度汲取其他文明的养分，推动本国文明充满勃勃生机，也为他国文明发展创造条件。

通过回顾人类命运共同体与文明交流互鉴方面的研究成果，我们欣喜地看到，从人类命运共同体理念的两大源头——中华优秀传统文化和马克思主义理论，从辨析中西文明视域中的差异到阐释人类命运共同体理念的思想内涵，从系统研究习近平新时代文明观到如何推动文明交流互鉴，以及文艺工作在推动文明交流互鉴方面的探索、实践和思考，学者们已经做了大量卓有成效的研究工作，极大地推动了人类命运共同体理念的构建和文明交流互鉴的持续发展。

但同时，我们也发现有些研究成果存在研究视角雷同、研究思路固化和研究方法单一的问题，需要学界认真思考、审慎研究、推陈出新，拓展研究深度和广度。我们相信，在中国的倡议和世界各国人民的心心相印下，在海内外学者们的深入研究中，文明交流互鉴必将进一步成为增进各国人民友谊的桥梁、推动人类社会进步的动力、维护世界和平的纽带。"持久和平、普遍安全、共同繁荣、开放包容、清洁美丽"的世界，作为充分尊重世界文明变迁规律基础上的时代总结，和全人类对幸福生活的美好向往，人类命运共同体理念必将获得更广泛的认知和理解，尤其是后疫情时代的世界，终将迎来凤凰涅槃、焕发新生。

编后记

《新时代文化艺术思想研究文库》分为"文艺高峰与中华民族新史诗研究""中国艺术学'三大体系'研究""中华优秀传统文化创造性转化、创新性发展研究"等主题，收录著述近200篇，展现了学术界对国家文化艺术发展的思考。同时，编选以研究报告的形式对各主题的学术研究近况做了梳理和阐释，合编为一部"研究报告集"。

文库得以顺利出版，要感谢各个主题的编选者鲁太光、陈越、杨娟、李修建、孙晓霞、金宁、李松睿、任慧、李彦平、张敬华、汪骁、宋蒙（排名不分前后）等的辛勤付出。感谢中国艺术研究院基本科研业务费项目对文库编辑出版的资助和支持。感谢文化艺术出版社，特别是杨斌社长、王红总编辑以及各位责任编辑，他们一丝不苟的工作态度令人感佩。更要感谢来自全国各大高校和科研机构的诸位学界同仁，他们不吝赐稿，让这套文库具备了应有的学术分量。

希望这套文库能够为新时代中国特色社会主义建设略尽绵薄之力，能够为新时代文化艺术研究和实践提供有益的学术参考和理论资源。

2021年8月